やすらぎ

アン・ハンプソン
三木たか子 訳

ハーレクイン
SP
文庫

DARK HILLS RISING

by Anne Hampson

Published by Harlequin Japan,
a Division of K.K. HarperCollins Japan, 2024

アン・ハンプソン

元教師。旅行好きで、各地での見聞をとり入れて小説を書きはじめたところ好評を博し、ついに教師を辞め執筆活動に専念することにした。物語の背景として選んだ場所へは、必ず自分で足を運ぶことをモットーとしていた。70年代から活躍し、シリーズロマンスの黎明期を支えた作家の一人。

◆主要登場人物

ゲイル・カースリー……………体に傷のある女性。
マイケル・バンクフット………ゲイルの元婚約者。
アンドルー・マクニール………スコットランドの大地主。
モリー、ロビー、シェーナ……アンドルーの子供たち。
シンクレア………………………マクニール家の総支配人。
ロビン・シェルダン……………スコットランド人青年。

1

二羽の白鳥が池の水面《みのも》を滑ってくる。岸の日だまりでは、あひるやがちょうが羽づくろいに余念がない。二月にしては珍しく寒さのゆるんだお昼時だったので、オフィス勤めの人たちが公園に繰り出して、池のほとりやなだらかな斜面をそぞろ歩いていた。まだ芽をふいていない木立の下にはスノードロップやクロッカスがびっしりと花を咲かせている。

ゲイルもさっきからベンチに腰を下ろして本を膝に置いたまま、ぼんやりと花を眺めたり鳥のさえずりに耳を傾けたりしていたが、ふと散歩道をやって来る親子連れの姿を目にとめて、体をこわばらせた。

姿を見られずに行ってしまいたい、と思ったが木立ややぶが裸ではこっそりと逃げ出せるわけはない。見られませんように、と念じながらゲイルはひっそりとベンチに座ったままでいた。

「ダディ、白鳥さんに餌《えさ》をあげる」四歳になる女の子が、かわいい顔を父親に向けた。父親はにこやかな顔で応《こた》えて、手にしている紙袋からパンを出した。

「ぼくも、あげる」男の子が手を出した。確か、七つになる。

「落ちないようにするのよ」乳母車を止めた母親が二人に声をかけた。まだ三十前だが、とりたてて人目を引くところのない人。乳母車に眠っている子は、男の子で、生まれて二カ月とたっていない。

ゲイルは男の額が抜け上がっているのを見て、胸を突かれた。池の縁に近づきすぎた女の子を抱え上げたときに、頭のてっぺんがまるっきり薄くなっているのも見えた。まだ三十三なのに。七月の十日でやっと三十四だというのに……。

あれから九年ですもの、当たり前だわ……そう思って気を取り直そうとしたが、子供たちの姿を追うゲイルの目には、やるせない思いが隠しようもなく表れ、その胸は激しい絶望にうずいた。

あんなことにさえならなかったら、わたしがあのかわいい子供たちの母親だったのかもしれない……。

そんなことを思ったせいだろうか、子供たちの母親がゲイルの姿に気づいて夫に話しかけた様子だった。男が振り向いたときにはゲイルはもう立ち上がって、二人の方へ歩き出していた。

「ゲイル！　本当に久しぶりだな！」

「久しぶりね、マイケル」ゲイルは何とかほほえんでみせて、ジョーンのほうにも会釈を送った。彼の目は華奢《きやしや》でつややかなゲイルの顔立ちをじっとみつめてから、栗色の髪をさまよった。静脈がうっすらと浮き出たこめかみにかかっているカールを、いとおしむようにみつめられて、ゲイルは頬を染めた。そのカールに隠された生えぎわがどうなっているか、マイケルは頭の中ではっきりと見ている……。

「少しも年をとらないみたいだな」心底そう思っているような彼の口ぶりに、奥さんの顔がわずかにかげった。「何年ぶりかなあ……」

ゲイルの口元には、ふっとほほえみが浮かんだ。何年になるか正確に数えることはできたが、「さあ、何年になるかしら。あのころは、お子さんはダリルだけだったわ」と言っただけだった。赤ちゃんが身動《みじろ》ぎをしたので、ゲイルは乳母車にかがんだ。「この子は何ていうの、男の子よね?」

「知ってたの?」ジョーンが意外そうにきいた。

「新聞で見たの」ゲイルはちょっとうろたえてしまったが、あわててまばたきをしてごまかした。

「おじいちゃまの名前をいただいて、ウィリアムってつけたの」とジョーンが言った。

「そう」とゲイルは言っただけだった。わしの息子は幸せ者だよ、とウィリアム・バンクフットは何度ゲイルに言ったことだろう……。ゲイルは腕時計を見た。「そろそろ行かないと。お昼休みは、もうじき終わりだわ」

「いまでも同じオフィス？」とジョーンがきいた。

「そうなの」と言ってゲイルはマイケルに向き直った。「さようなら」

「さようなら、ゲイル」

マイケルと出会った心の動揺は午後もずっと続き、定時にオフィスを出て家へもどったときにも尾を引いていた。母が亡くなってから、ゲイルは姉夫婦と住んでいた。

家に入ると二人の子供たちが口々に、「お帰りなさい、ゲイルおばちゃま」と言って飛びついてきた。

「ただいま」代わる代わるキスをしてから、今日はどんなことがあったかをきいた。

「サッカーのチームに選ばれたんだよ、ぼく」とトーマスが得意げに言った。「いちばん年下なんだ」

「えらいわね、トーマス。まだ十一にもならないのにね」ゲイルはコートを脱いだ。「で、あなたは、マリリン？」

「ミルク係になったのよ、わたしは！」

「誰でもなるさ」とトーマスがけなした。

「さあ、さあ、二人で遊んでらっしゃい」姉のベスがキッチンからお盆を運んできた。

「お茶の時間を邪魔しないで。のんびり話をしたいんですからね」

口答えしたら寝る時間を三十分も早くさせられるので、子供たちはすぐさま駆け出していった。

「マイケルとジョーンに会ったわ」ベスの真向かいに座りながらゲイルは言った。「生まれたばかりの赤ちゃんも一緒だったわ」

「もう酔っぱらい運転はしないとみえるわね、あの人」ベスは意地悪く言った。

「ウィリアムってつけたんですって」マイケルの名前を口にすると、ベスは決まって顔を真っ赤にして怒る。それを承知していながらどうして黙っていられないのか、ゲイルは自分でも不思議だった。

「それはあなたは子供好きだわ。でもね、いいかげんに、マイケルとマイケルの子供たちのことは忘れなさい。あなたはとってもきれいなんだし、いずれは誰かと……」

「傷跡だらけなのに？」ゲイルは姉をさえぎった。

「一カ所だけよ、外から見えるのは。それに、九年の間に、整形術もとっても進歩してるわ」

体の表面から傷跡は消せるかもしれないけれど……とゲイルは反射的に思っていた。

「きれいよ、とっても」とベスがまた言った。「それに頭もいいし、あなたとぜひ結婚したいって言う人は必ず出てくるわ」

「もう二十八よ」と言ってからゲイルは苦々しげに言い添えた。「誰がこんな子供が産めない女と結婚したがるもんですか」

「だめじゃないの、そんな言い方をしちゃ！」

「他にどんな言い方がある？」平静を装ってはいたが、マイケルの子供たちの姿が浮かんでゲイルの胸はうずいた。「お姉様こそ変なことを言わないで。結婚できる可能性なんて、これっぽっちもないのよ」

「あのマイケル・バンクフットったら、かすり傷ひとつ負わなかったんだから！」たまりかねたようにベスが言った。「半身不随になればよかったのに」

「ベス！」ゲイルはたしなめた。

「わかってるわよ。でも恨むのは当然でしょ。自分は酔っぱらってたくせに、まんまと助かったのよ。あなたを赤ちゃんの産めない体にしておきながらよ。みんな、あの人が悪いんじゃないの！」

「子供がいるのよ、あの人には。それに……」

「なおさらひどいじゃないの。自分だけ、何人も子供をつくって」ハーベイの車が車回しに入ってくる音がした。「見返してあげなさいよ。マイケル・バンクフットなんか足元にも及ばない人と結婚して」

ゲイルはゆっくりとかぶりを振った。「誰が現れても、わたしは本当のことを言うしかないわ。そうするとみんな、ジェリー・レイサムみたいに去っていってしまうのよ」

「打ち明けるのが早すぎたのよ。ジェリーと出会ってから、一カ月もたってなかったでしよ。もっとあの人があなたに夢中になって、抜き差しならなくなってから……」

「そんな不正直なことをしたら、お互いに取り返しがつかないくらい傷ついてしまったわ。あの人は子供がほしかったの。正直に言ってよかったのよ」

「それはそうかもしれないけど……。ゲイル、あなたまだマイケルのことを思ってるの？」

姉の目を正視しながらゲイルは首を振った。「全然。今日は特別なの。子供を見たからなの。結婚していたら、こういう子供がいたかもしれないって思ってしまっただけ。マイケルのことは、婚約解消を言い出されたときから何とも思っていないわ。きっとあの事件は彼の愛が本物かどうかというテストだったのね。彼はそのテストに通らなかったのよ」

ベスはじれったそうなため息をついたが、何も言わずに料理の仕上げをしにキッチンへ入っていった。

ゲイルも自分の部屋へ上がり、やがてバスにお湯を入れてからシャワー・キャップをかぶった。生えぎわに走る醜い傷跡がむき出しになった。傷跡は両腿にもあるし、右肩から背中にかけて大きな傷が走っている。こんな大けがをしてよく命が助かったものだ、と医者に言われたほどの深手だった。

整形手術を受けようか、といままで何度も迷ったことがあるのだが、そのたびに決心がつきかねていたのだった。いまもそうだ。誰に見られるのでもない以上、どうしてわざわざそんな手間をかける必要があるだろう……ゲイルは鏡の中の茶色の目をのぞきこみながら、そう自分の胸につぶやいていた。

去年からの予定で、三月に有給休暇を取って妹のヘザーのところへ行く計画ができていた。ヘザーは大金持と結婚していて、シャーウッドの森のはずれに豪華な屋敷を構えていた。少なくとも年に二回は訪ねる習慣だったが、朝のお茶をベッドに運んでもらったり、バスのお湯を張ってもらったりのぜいたくをいまほど望んだことはない。

金曜にオフィスから直接出かけて、汽車に乗った。出迎えの車にはヘザーは乗っていなくて、運転手だけだった。姑《しゅうとめ》が転んでしまった、という電話が入り、ヘザーはちょうど病院へ行ったところだと言う。たいしたけがではない様子だった。

屋敷へ着くと、さっそくいつもの部屋に案内された。

「スーツケースはお解きしておきますよ、ミス・カースリー」と案内してくれたトルーディが言った。「お茶を召しあがっていてください。グレタにそう言いつけてありますから」

「喉は渇いてないの。手を貸すわ」そう言ってゲイルは化粧品入れをバスルームに持っていった。

引き返してくると、すぐトルーディが言った。「他にお子さんを二人おあずかりしているので、てんてこまいなんですよ。長くいらっしゃるわけではないので、助かりますけれどね」

「火曜に電話したときには、何も言ってなかったわ」

「水曜の夜にいらしたんですよ。お父様がミスター・スインバンのご学友だそうで、スコットランドの大地主なのだそうです。昔で言うと、領主様っていうことですね」

「もしかするとダンロッホリーの方ではないかしら?」

「あら、ごぞんじでいらっしゃいます?」

「お名前をうかがってるだけよ」ずいぶん無愛想な人で、わたしは大嫌い、とヘザーは確か言っていた。「お子さんたちとご一緒じゃないの?」

「ロンドンに用事がおありで、来週、帰りがけにお子様を連れにお寄りになるということです」

「やもめなのね?」ゲイルはナイトガウンを取り出してベッドカバーの下に入れた。

「はい」トルーディはちょっと口ごもってから言った。「マクニール様がお子様をお連れになったとき、小耳にはさんだんですけど、ロンドンへは乳母になる人に会いにいらしたそうです。三人のお子様をお世話できる方をお探しなんですよ」

「三人ですって?」

「十五になるお嬢様がお屋敷にいらっしゃるそうです」トルーディはスーツケースから最後にセーターを二枚取り出してたんすにしまい、スーツケースを閉めてドレッシングルームに運びこんだ。「お茶にいたしましょうか、ミス・カースリー?」

「ありがとう、トルーディ。下でいただくわ」

顔を洗い、髪をブラシしてから居間へ下りていった。そこへちょうどヘザーがもどってきて、迎えに出られなかったわびを繰り返した。姑は打ち身をしただけだということだった。

「ロジャーがお見舞いに行かないと、すみそうもないのよ。だから今夜は二、三時間、二人きりになれるわよ」と言って、ヘザーはぺろりと舌を出した。

仲のよい三人姉妹だが、外見はまるっきりと言っていいくらい似ていない。ヘザーは金髪美人でずいぶん目立つが、ベスはブルネットで器量よしと言われたことは一度もない。ゲイルがいちばん華奢で、いかにもはかなそうに見えるけれど、見かけとは逆に芯《しん》はいちばんしっかりしている。

お茶を運んできたトルーディにヘザーは、「子供たちはどこ?」ときいた。

「森です。あんまり遠くへは行かないようにちゃんと言ってあります」

トルーディが下がるとすぐ、ゲイルは、あずかっている子供たちのことをきいた。ロビーは七歳、シェーナは五歳とわかった。

「とてもかわいらしい子供たちなの。特に、ロビーはすてきよ。よくあんな父親に、と思うくらいだわ」とヘザーは言った。

「ロンドンなんですって？」

「次から次へと乳母をしくじっているらしいの」ヘザーはゲイルに紅茶のカップを渡した。「ロジャーが何も話してくれないのでよくわからないんだけど、長女がひどくて、乳母がいつかないらしいの」

「それで、乳母探しに行ったのね？」

「新聞に広告を出したのよ、イングランドの人が望みなんですって。応募者の面談に行ったの。お友達のフラットを借りて、そこでするらしいわ」

ゲイルはお茶を飲んだ。「トルーディから聞いたけど、ロビーとその長女はずいぶん年が離れてるわね？　十五と七つでしょ？」

「ロジャーは話してくれないの。友達思いからなんでしょうけど、いやあね、男の人って。でもね、アンドルーの奥さんのことはいろいろと耳に入ってるのよ。モリーが三つのときに、最初の家出をしたそうなのよ」

「そんなに何度も家を出たりもどったりしたの？」

「らしいわ。何度かそんなことを繰り返しているうちに、ロビーが生まれて、その一年半後に今度はシェーナが生まれたのね。奥さんは飛行機事故で死んだのよ。昔の学友とオーストリア旅行をしているときっていう話だけど、ボーイフレンドの一人と遊びまわっていたらしいのよ」

「そんなに何人もいたの、ボーイフレンドが？」

「そこのところもロジャーは口を濁してるけど、わたしには、ぴんとくるわ」ヘザーはお代わりを注いだ。「長女が同じようなことをするらしいのよ」

「十五でしょ、まだ？」ゲイルはびっくりした。

ヘザーは肩をすくめた。「近ごろの子は早熟よ」

「お気の毒ね、ミスター・マクニールって。本当ならそんな苦労をしなくていい方でしょうにね」

「あら、そうかしら」ヘザーの返事は、いかにもつれなかった。「気の毒がるような人じゃないわ」

「どんな人なの？」

「話したこと、なかったかしら？」

「三十七歳のスコットランドの大地主って聞いただけよ」十五歳の娘がいるのでは、ずいぶん早くに結婚したんだわ、とゲイルは思った。「屋敷へ招《よ》ばれたけれど、断ったとも言ってたわね」

「そういえば、鹿狩りに誘われたことがあったわ。ロジャーが一人で行ったんだったわ」

「どうしてそんなに嫌うの？」

「失礼なくらい横柄な人よ。ロジャーがどういうわけであの人を買っているのか、わからないわ。まだ三度しか会ったことはないけど、無愛想で、ろくに口もきかないのよ。女嫌いじゃないかと思うわ」

「当然じゃないかしら。奥さんと娘さんにさんざん痛めつけられてるんですもの」

「痛めつけられるような人じゃないわ。無感覚で情なしで、スコットランド人を絵に描いたようよ」

「でも、奥さんのことは愛してたんでしょ？　そんなに何度も家を出た人なら、普通なら離婚するわ」

「体面だけを考えたんじゃないかしら。人を愛せるとは、とても思えないのよ」

「でも、体面ということなら、その娘さんのことのほうがいまは大変かもしれないわね。いずれは人の口にのぼるでしょ？」

「もうのぼってるのよ。アンドルーに二度目に会ったのは、やっぱりロジャーの学校友達の家でだったんだけど、メアリーっていうそこの奥さんがおしゃべりな人でね。その人からずいぶん聞かされたわ。モリーは母親以上に始末の悪い男狂いで、そのうえ、手癖も悪いんですって。友達のお金を盗んで、男と外国へ遊びに行ったこともあるそうよ」

「そんなに不良なの？」

「どうしようもない子だそうよ。アンドルーの子じゃないらしい、ともにおわしてたわ」

「ずいぶんひどいことを言うのね！」

「予定日よりだいぶ早く生まれたんですって、早産っていうことらしいけど。もちろんあのアンドルーなら、そんなこと疑ってもみないでしょうけどね」

「かわいそう」とゲイルはつぶやいた。

「そんな同情をされるのはありがた迷惑かもしれないわよ。会えばわかるわよ、どういう人か」

「あら、会うことになるの？」

「水曜に来ることになってるの。お姉様は土曜まではいるでしょ？　あら、子供たちだわ。どう、あのけたたましさ！」

四人の子供たちが歓声をあげて芝生を駆けてくる姿が見えたかと思う間に、ドアが勢いよく開いて、子供が二人、息せき切って入ってきた。

「ゲイルおばちゃま！　いつまでいてくれるの？」マンダがゲイルに抱きついて、大きな音をたててキスをした。「お客様もいるのよ！」

「そうですってね」

「早く、ゲイルおばちゃまに握手して！」ドアのそばで尻ごみしている二人の子にマンダが言った。

「はじめまして」はにかみながらロビーが来て、小さな、きれいとはとても言えない手を差し出した。

「よろしく、ロビー」ロビーはとても頑丈そうで、まだ小さいのにきりっとした顔つきをしている。「この人が妹さんなのね?」

「わたし、シェーナ」シェーナはじっとゲイルの目を見上げて手を差し出した。冷たい手だった。

「よろしく」とゲイルは言った。

「一緒に遊んで」とサイモンが言った。「いつもみたいにさ」

「ゲイルおばちゃまはお茶を飲んでるのよ」

だが、結局ゲイルは芝生でクリケットの相手をさせられてしまった。

お天気が続いたので、その日からずっとみんなは森へ行ったりドライブに出たりして戸外で過ごす時間が多かった。時間はあっという間にたっていった。

二人の子の父親は水曜の夕食間際にやって来た。車をロジャーのガレージに置いて汽車でロンドンへ行ったので、ロジャーが駅まで迎えに行ったのだ。車の音を聞きつけて、着替え中だったゲイルは窓へ寄った。広い肩をしゃんと起こして車を降り立ったアンドルー・マクニールの丈高い姿は、じつに印象的だった。ゲイルはそそくさと着替えをすませて居間へ急いだ。居間では妹夫婦がアンドルーをもてなしていた。ゲイルが入っていくと、ロジャーを相手にグラスを傾けていたアンドルーは、ちらっとゲイルに冷淡な視線を投げただけだった。礼儀をわきまえない態度には違いなかったが、どうしたわけかゲイルの気にはさわらない。

ロジャーがにこっとして、二人を紹介した。ゲイルの手はたじろいでしまうくらい強く握られたが、挨拶《あいさつ》がすめばもう用はない、という感じだった。ヘザーも完全に無視されていた。ヘザーはアンドルーの背に顔をしかめてみせてから、食事の支度を手伝ってくれるようにゲイルに言った。

「トルーディとルイーズがしてるんでしょ?」廊下に出てからゲイルがきいた。

「もちろん、口実よ。まったく、何て人でしょ!」ヘザーは吐き出すように言った。「ロジャーにはまた何か言われるでしょうけど、あんな人をもてなさなくてはならないなんて、我慢できないわ!」

「ロジャーには大事なお友達なのよ、きっと」キッチンに入りながらゲイルはそう言った。

「大事どころか、宝物みたいにしてるわ」

「マクニール様のことでしょうか?」オーブンから肉のかたまりを取り出しながら、ルイーズが言った。

「もちろんだわ、ルイーズ」

「あんなハンサムな方は、どこにもいませんわ」

ヘザーはゲイルに目配せをして、にやっと笑った。

「ルイーズはあの方にお熱なんですよ」とトルーディが言った。

「たで食う虫もね」ヘザーは遠慮なしに言った。「どう、お料理のほうは？」

「これ以上ないできです。腕をふるってソースを作りましたから」とルイーズは答えた。

「マクニール様に気に入っていただけるといいんですけど」

「お客様はもう一人いるのよ、ルイーズ」とヘザーがたしなめた。

「すみません」ルィーズはあわててゲイルの方を向いた。「もちろんあなた様にも気に入っていただけたら、と思っています、ミス・カースリー」

「おいしそうね。あなた以上においしいソースを作れる人はいないっていつも言ってるのよ」

食卓ではアンドルーはゲイルの真向かいだったし、完全に無視されていたおかげで、アンドルーの顔をつくづくと見ることができた。削《そ》げたような険しい顔つきで、あごが張っていて意志の強そうな口元をしている。黒髪はわずかにウエーブがかかっていて、もみあげには白いものがまじっている。濃い眉の下には鷹《たか》のように鋭いダークブルーの目が光っている。粗野な荒くれ男、と見えないこともないが、造作や表情のどこかにスコットランド貴族の血は争えないという感じがあった。

あまりじっとみつめていたせいだろうか、彼のいぶかしげな視線がゲイルに向けられた。ゲイルはあわてて料理に目を落としたが、アンドルーの視線がじっと注がれているのを感じて頬に血をのぼらせ、手は無意識のうちにこめかみの生えぎわを隠している髪をなでつけていた。

食事が終わってからだいぶたって、はじめてアンドルーと二人きりの間の悪い時間ができてしまった。ゲイルは息もつけない思いで、彼にきいた。「妹から聞きましたけれど、乳母を募るために広告まで出されたそうですね?」

「あの二人には、そう言う以外なかったんですよ」即座にそういう返事が返ってきた。

奇妙な答えにどういう意味がこめられているのかきく間もなく、ヘザーとロジャーがもどってきた。

「どうしても明日、帰るのかね?」とロジャーがアンドルーにきいた。「もう二、三日ゆっくりしたらどうだい?」アンドルーの返事を待っているヘザーの顔つきは、見ものだった。

「ありがとう、そうさせてもらおうか」何となくこの男に似つかわしくない気の抜けたような感じの返事だったが、それも束《つか》の間、アンドルーは相変わらずの男同士のおしゃべりをロジャーと始めたのだった。

翌々日の夜、ゲイルはバルコニーでひっそりと、寝につく前の一人きりの時間を過ごしていた。もうみんなにはおやすみを言い、アンドルーにも別れの挨拶をすませていた。マクニール父子は明日の朝早くに発《た》つ予定だ。

雲間に月が見え隠れする穏やかな夜だったが、ゲイルの胸は騒いでいた。これっきりロビーとシェーナに会えないという思いをどうしても振り払えないでいたのだ。特にロビーには会ったときから、とりこにされてしまったのだった。自分の息子が持てるというなら——そんなことはありえないことだけれど——あのロビーのような子であれば……。

ふと人の気配を感じて振り返った。アンドルーがバルコニーの出口に立って、じっとゲイルをみつめている。ゲイルはとっさに背を向けたが、このまま立ち去ってほしくないような複雑な気持だった。だが、彼がバルコニーに出てきて脇《わき》に立つのを感じると、そのいかめしい姿に圧倒されて、ただひるむばかりだった。息詰まるような空気に耐えられず、ゲイルは言った。

「すてきな夜でしたので、外の空気を吸ってからやすもうと思ったんです」彼は何も言わない。ゲイルはあわてて言葉を継いだ。「明日はドライブ日和ですね、きっと」

「だといいけれどね」

「お車はここに置いてあるんだそうですね」

「そう、ここに置いてある」

ゲイルの気詰まりは高じるばかりだった。

「ミス・カースリー、じつは昨日、あなたが子供たちに本を読んでくれているところを拝見したんですよ」と彼がだしぬけに言った。ロビーたちを膝に寄りかからせてお話を読んであげていたときのことだわ、とゲイルは思った。「わたしが、子供たちの面倒をみてくれる人を探していることは、ごぞんじですね？」

「はい」ゲイルの胸は高鳴った。「乳母をお探しだそうですね」

返事がない。月が雲に隠れて、彼の顔が暗闇《くらやみ》にまぎれた。

「子供たちの面倒をみてくれる人がほしいんです」

月が雲間に現れた。彼の顔は険しくて、またむっつりともの思いに沈んでしまっている。

「お望みどおりの乳母が、見つからなかったんですか？」どういうことをきかれるかゲイルにはわかっていたし、どう答えるかも決まっていた。あの子たちと一緒にいたい、わが子のように面倒をみたい、という思いがいまゲイルの胸にこみ上げていた。

「乳母を探していたわけじゃないんですよ」

「でも……」わけがわからなくなって、ゲイルは彼を見上げた。「広告までなさって……」

この間の彼の奇妙な答えのことを、そのときゲイルはふっと思い出して口ごもってしまった。

「新聞広告は出しました。こちらの要求にあった応募者がいなかったんですよ」

「でも、どういうことでしょう……乳母を探していたのではない、とおっしゃいましたね？」

「妻探しをしていたんです。まさか、そんな広告は出せないから、応募者の中で探すつもりだったんだけれど、やはりいなかった」ずいぶん淡々とした言い方だった。

「あの子たちは、生まれ落ちたときから、見捨てられてしまったんだ。乳母を何人あてがったって解決のつく問題じゃない。本当はあの子たちに母親を与えてやりたいんですよ」

どうしてこんなことを彼が言い出したのかわからないままに、当てはずれな気持がゲイルの胸をおおいつくした。「わかりました」と言って見上げたゲイルの目には、光がない。「わたしはてっきり……乳母の仕事をしないかと……おっしゃるのだとばかり思っていました」

「承知してくれる気だったんですね?」

ゲイルはみじめな気持のままうなずいた。「はい、ミスター・マクニール」

彼はバルコニーの支柱に背をあずけてゲイルをじっとみつめた。「子供たちの母親になってくれるようにお願いしたら、どうかな?」

ゲイルは茫然《ぼうぜん》と彼を見上げていたが、やがて心臓がどきどき打ち始めた。母親になる……あの事故のせいで医者にははっきりと宣告されてからというもの、どんなに子供を持ちたいと思ったことだろうか!　だがゲイルは、はっと気づいた。あの子たちの母親になるということは、この人の奥さんになるということだ……。

「そんな、無理な……」ゲイルはすっかりまごついてしまった。「とても、無理なことです、ミスター・マクニール。お互いのことを何ひとつ知らないんですよ、わたしたち」

「乳母にはなってくれると言ったはずですね？」

「はい、その気持には変わりはありません」

「どっちだってたいして変わりのないことだし、それほど無理なことではないでしょう。ビジネスの契約と考えてくれたらいいんですよ、あなたを縛ってしまうことにはなるけど。子供たちのために、ぜひとも結婚したい」彼はゲイルの返事を待つ様子だったが、ゲイルは黙ったままでいた。「長女のモリーのことは全然知らないと思うけれど、母親にいつくしまれなかったせいで、救いようのない娘になってしまったんだ。あの二人に同じ憂き目を見せたくないんですよ」

「救いようがないなんて、どうしてそんなことをおっしゃるんです？」

「もちろん言いたくはない、そんなことは。だけど事実は事実なんだ。わたしもずいぶん努めてはみたんだけれど、男親ではどうしようもないということがあるんですよ。あれのことは失ってしまったも同然だけれど、ロビーとシェーナはまだ望みがある……少なくとも、まだ、だめになってはいない」

「だめになんか、なりっこありません」思わずゲイルは大きな声を出した。「あの子たちはあなたを愛しています。それだけは、はっきり言えます」

「確かにロビーはね。でも、シェーナのほうはだんだん手に負えない子になっている。やがては……」胸が詰まったのだろう、彼は絶句した。やがて彼は言い継いだが、声は震えていた。「シェーナに姉と同じてつを踏ませてはならないんです」

ゲイルは彼の顔をじっと見上げていた。粗野な荒くれ男、という感じはすっかりなくなっていた。アンドルーが何に心を砕いているか、ゲイルにはありありとわかった。モリーに力を貸して、いい子にもどしてあげられるだろうか……ゲイルの胸には、もうそんな思いがよぎっていた。

一時間ほどして、ゲイルとアンドルーは家に入った。家の人たちはもう寝静まっていて、大きな居間にはテーブルランプがぽつんとともっているだけだった。ゲイルの手をそっと包みながら、アンドルーがもの静かな声で言った。「急なことだけど、ゲイル、わかっていただけますね？」

ゲイルは深々とうなずいた。

2

ヘザーは青ざめた顔をひきつらせて、姉の部屋を落ち着きなく歩きまわっていた。

「とにかく正気じゃないわよ、お姉様は。子供がほしいという一念で、どうかしてしまったのよ」

「子供のことだけじゃないわ、奥さんになれるのよ。それでも賛成してもらえないの？」

「ごまかさないで。ビジネスの契約って言ったんでしょ？　お姉様は当たり前の女よ。男の人に出会って愛してそれで結婚する、というならわかるわ。こんな不自然な結びつきなんて、うまくいきっこないわよ」ヘザーはゲイルの座っている椅子のそばへ寄ってきた。

「お願い、もっとちゃんと考えて！」

「もうお返事をしてしまったのよ。いまさら白紙にはもどせないわ」

「ちゃんと知ってるでしょ、あの人がどんな人か！　無慈悲でむごい人よ！」

「むごいかしら」

「どこに目がついてるの！　そのうえ、女嫌いじゃないの。わたしたちとは口もきこうとしなかったことぐらい、ちゃんとその目で見てるでしょ！」

「あの人が女嫌いだとしても、たいしたことではないわ。わたしには子供の世話があるのよ。四六時中あの人と一緒にいるわけじゃないのよ」

「そんなの結婚生活じゃないわ！」

ゲイルは肩をすくめた。「とにかく、わたしは結婚したいのよ、人並みに。お互いに求め合うということがないだけで、この結婚生活には、たいして変わったところはないのよ」

「お互いに求め合うからみんな長続きするんじゃないの。一カ月もしないうちに我慢できなくなるわ」

「ずいぶんはっきり言うわね」

「お姉様があっさり網にかかってしまったことをことごとに持ち出して、いじめにかかるわよ」

「そんな芝居がかったこと言わないで、ヘザー」

「だって、お姉様みたいに分別のある人が、どうしてそんなにあっさりと首を縦に振ってしまったのか、そこがわからないのよ」

「彼の真っ正直さを信用したのよ。子供の母親になってほしいということだけだと、あの人ははっきり言ったわ。だからわたしも素直に、はいと言ったの。それに、いままでお互いに面識もなかったんだから、急に熱々の間柄になるほうがかえって非常識だわ」

「自分の一生をめちゃめちゃにしようとしておきながら、よく言うわ」ヘザーはまた部屋を行ったり来たりし始めた。

「わたしだってむだに年はとってないわ。だからといって先行きどうなるか、わかっているわけではないけど……。でも、あの子たちの役に立ちたいの。自分の一生を棒に振ってしまいたくないのよ。いままでみたいな毎日が続いたら、わたしは泣くに泣けないことになるわ、ヘザー。あなたにはロジャーと子供たちがいるからとてもわかってもらえないかもしれないけど、いまアンドルーと結婚しなかったら、一生ひとりぼっちって気もするのよ」

「父親にさえ見放されている女の子の役に立とうなんて、本気で思ってるの?」ヘザーは首を振りながら言った。「アンドルーみたいな人が音をあげたんですもの、相当な子よ」

「やってみるまでだわ」

ヘザーは姉をにらみつけた。「お姉様ったら! メアリーだって、モリーはどうしようもない子だって言ってたのよ、生きる値打ちのない子だって!」

「人の見方はいろいろだわ。根っからの悪なんて、いるものかしら?」

「衆目の一致するところっていうのもあるわ。実の父親の言うことにも誇張があるって思ってるの?」

ゲイルは妹から目をそらした。ゲイルの顔も青ざめていて、目つきは痛々しい。「とにかく、やってみるわ」とゲイルは重ねて言った。

「役に立つもんですか」

「かもしれないわ。でも、まだ二人いるわ」

「まあ、ご立派ね！」

普段なら姉に向かってこんなことは言わないヘザーだが、いまは心配が先に立つという感じだった。ゲイルはじっとヘザーの顔をみつめながら、不安も恐怖も感じていない自分の胸の中をどう説明していいか、困惑していた。間違ってはいない、と内心の声は言っていた。ゲイルとしてはその直感に素直に従ったままでなのだ。

「そんなつもりはないわ。子供たちのためじゃなくて自分のためも考えてるの。わたしが子供を持つには、こうするしかないの。母親になれる絶好のチャンスが降ってわいたのよ。そっぽを向いたらそれこそ正気じゃないわ」

「時計の針をもどせたらどんなにいいかしら！　あんな人に会わせないようにするのに！」

「会ってしまったのよ。もう、あなたが何を言ってもむだよ」

「ベスとハーベイが何て言うかしらね。覚悟しておくのね！」

翌日、ロジャーに車を出してもらって、ゲイルは身のまわりのものを取りに家にもどった。ベスの剣幕も相当だったが、もう心の決まっていたゲイルは、姉夫婦のもっともないさめの言葉を聞き流すようにして荷造りを続けた。

ロジャーを除くみんなの猛烈な反対を押し切るようにして、ゲイルはアンドルーと正式に結婚した。火曜日だった。そしてその日のうちにアンドルーの運転する車に乗って、四人はパースシャーにある屋敷に向かったのだった。

道々、アンドルーはあまり話さなかった。そのせいもあるのか、シェーナもほとんど口をきかない。ゲイルは何度もシェーナに口を開かせようと努めてみたが、シェーナはよそよそしいままだった。それにひきかえ、ロビーは大はしゃぎで、父親に言われるがままに何の造作もなくゲイルをマミーと呼んだ。シェーナは絶対にそう呼ばないと決心でもしているようだったが、ゲイルはいっこうに気にしなかった。そう遠くない先にこの子に心を開いてもらえる、とゲイルは確信していた。

「エジンバラは、はじめて?」エジンバラ市内に入ったときに、アンドルーがきいた。

「子供のころに来たことはありますけど」屋敷がどこにあるか見当さえついていないことにはじめて気づいて、ゲイルははっとした。「お家はこの近くなんですか?」

「家は高地にあるんだよ」とロビーが言った。「でも北の方にもあるんだよね、ダディ?」

「あれは狩猟小屋だよ、ロビー」

「でも、大きいよ。小屋じゃないよ」

「大きいことは大きい」

エジンバラ城の雄姿が見えたが、ゲイルは話のほうが気になった。「何を捕るんです?」

「鹿だよ」

「ぼくも大きくなったら撃ちに行くんだよ」ロビーが前の座席へ身を乗り出してきた。

「いつもは連れていってもらえないけど、マミーと一緒なら連れていってもらえるでしょ?」

「うん。考えておこう」

「マミーも行くでしょ?」

「わたしは行かないわ、ロビー。鹿を撃つなんて、ひどいことだわ」動物園で見たことのある赤鹿の美しい姿を思い出して、ゲイルは眉をひそめた。

「狩猟はわれわれの生活に欠かせないんだよ。きみだってそのうち慣れるさ」アンドルーはちらっとゲイルの顔を見た。「あまり殖えないように数を抑えるということは、動物たちにとっても必要なことなんだ。ほったらかしにしておいてどんどん殖え続けたら、飢えて共倒れになってしまう。それに、わたしは地所内では、射撃の腕のいい者にしか撃つ許可を与えていないんだ。どうだい、気休めぐらいにはなるだろう?」

「でも、はずれることもあるでしょ?」

「めったにないよ」彼は後続車に気をとられていた。車はとっくに高速道路に乗っている。

「苦しまずに死ぬわけなの？」

「はずしたら、責任を持って追跡して、とどめを刺すことになっているんだよ。だけど、さっきも言ったように、地所内では腕のいい者にしか撃たせないようにしているんだ。即死させられる場合にしか撃ちはしないんだよ」

それ以上、言い張りはしなかったが、ゲイルは釈然としない気持だった。

古都スパーでひと息入れてから、意外なことに、アンドルーはゲイルにキンノウルからの眺めを見せるために、まわり道をしてくれた。

「あそこを通ってきたのね？」シェーナが沈黙を破って、父親の手に小さな指をからませた。

テイ川の広い谷間に沿って、いま通ってきたオキール台地が連なっている。西から北にかけてはベン山の高峰をはじめとするグランピアンの峰々がそそり立っている。

「すばらしい眺めだわ」さっきからロビーはゲイルに手をあずけていた。新しい生活が始まったのだという、言いようのない気持がわき上がってきて、ゲイルはその小さな暖かな手を握り締めた。

再び車にもどって、テイ川沿いに進んだ。そこはもうスコットランドの中心部だった。山々は、そろそろ暗くなり始めた空に向かってそびえ立っている。シーハロン山の珪岩《けいがん》でできた山頂は、傾きかけた日差しを浴びて、目もくらむばかりの白色から真珠色に、それからしだいに淡いばら色に変わっていった。ベン・ブラキーの山塊を右手に見ながら道はつづら折ののぼりになった。キリークランキーの隘路《あいろ》として知られた山道だった。眺めはいっそう荘厳になった。薄墨色の山並みが連なり、松の這《は》う山麓《さんろく》がひろがっている。ヒースの茂みがそこかしこにある。やがて前方に、霧が峰ベニーグローの頂が現れ、右側には美しいティルト峡谷が見え始めた。

車は間もなく本道をはずれて急坂をのぼり始め、高々とした鉄門をくぐった。門の両脇《りょうわき》は大きな塔になっていて、門番小屋もついている。延々と続く車道に沿って早瀬が流れ、根方にプリムラの咲き乱れている唐松の並木が連なっていた。あたりのなだらかな丘の斜面には羊や牛が放し飼いになっている様子だったが、そろそろ立ちこめてきた暮色にまぎれてよく見えなかった。

広大な芝地が屋敷を取り巻いていて、屋敷の正面ドアの上には、マクニール家の紋章が砂岩の額板に刻みこまれて高々と掲げられていた。

アンドルーが車を止めると、執事風の人が薄暗がりから進み出た。

「よいご旅行でしたでしょうか?」

「すこぶるよかったよ、シンクレア」と言いながらアンドルーは車を降りた。シンクレアがゲイル側のドアを開けてくれた。しわの深い彼の顔には驚きの色が隠しようもなく浮かんでいた。正面ドアに走っていく子供たちにちらっと目を配ってから、アンドルーがじつにあっさりと言った。

「妻を紹介するよ。ゲイル、彼がマクニール家の総支配人だ」

「あなた様の……」と言いかけたが、シンクレアはすぐゲイルに手を差し出した。「お会いできてうれしゅうございます、奥様。すばらしい春をご一緒に運んでいただいた感じでございます」

「ありがとう、すてきなことを言ってくださるわね」ゲイルはにっこりした。「そんなに厳しい冬が続いたのかしら?」

「そうなんです、奥様」

「まだ冬は続くよ」アンドルーが車の中のブリーフケースに手を伸ばした。「のんきに構えているだけでは冬は終わりはしない」

鹿の枝角を飾った大きなホールには、召し使いたちがずらっと並んでいた。次々と紹介されて、次々と歓迎の言葉を言われたが、みんな、何を考えているのかわからないまなざしだった。

「マリー、ミセス・マクニールを部屋に案内してあげなさい」とアンドルーが言った。

あてがわれたのは、アンドルーの隣部屋だった。

「眺めはお気に召しましたか、奥様?」マリーは中年で、にこやかな笑みを絶やさない。

「すばらしいわ。スーツケースを開けるのはあとにしてね。しばらくの間、一人になりたいの」

「かしこまりました、奥様」

空は茜色《あかねいろ》に染まって、山並みや丘はもう闇《やみ》に沈んでいたが、早瀬や湖《ロッホ》はきらきらと光を上げていて見分けがついた。目の下にはひな壇式の庭があって、風よけの松の木に守られている。右手にはプールがあった。

大きな部屋にはモダンなバスルームとドレッシングルームがついている。セントラルヒーティングのせいで、ぽかぽかと気持がいい。クリーム色のしゅすのカーテンが垂れている床には、華麗なペルシアじゅうたんが敷いてあり、アン女王朝様式の優美な調度が入っている。片隅にすえられている貝で象眼したテーブルには、とても精巧なチェルシー焼きの磁器が置かれていた。

現実に豪華な室内にいるという気がしない。結婚したのだわ、と夢現《ゆめうつつ》のように思った。

ふと、隣の部屋に通じているオーク材の大きなドアが目に入った。飾りびょうが整然と打ってあって、蝶番《ちょうつがい》や把っ手の部分は凝った細工になっている。近づいていき把っ手をまわしたが、開かない。かがみこんで鍵穴《かぎあな》をのぞいた。鍵が向こう側から差しこんであるわけではない。召し使いたちはこのことを話すだろう。そして、二人の結婚の実状はすぐアンドルーの知り合いの間にも知れ渡る……。

廊下側のドアにノックがあった。

「ディナーは一時間後でございます、奥様」若いメイドがにこやかに言った。

「ありがとう」

メイドはまた、にこっとして下がった。

わたしは何を望んでいるのだろう、とゲイルはいぶかった。そして、子供をみるのが本来の仕事なのだということに、はっと気づいた。子供たちは屋敷へ入ってからどこへ行ってしまったのか、姿がない。

隣の部屋でアンドルーが歩きまわっている気配がした。ちょっとためらってから、ゲイルは思いきって境のドアをノックした。

鋭い返事が返った。ゲイルの耳には、うるさがっているように聞こえた。

「あの子たちを寝かせなくては、と思ったんです。どうしたらいいのか、よくわからなくて……」

彼は把《と》っ手《て》をまわしてドアを開けようとした。「そっちに鍵はあるかね？」

「ありません」

「まわってきてくれないか」

廊下側のドアは半開きになっていた。ゲイルはノックをして彼の部屋へ入った。

「子供のことを忘れてしまっていました」とゲイルはすぐ言った。すっかり気おくれしていた。

「普通は、おやつを食べてから——もちろんこんなに遅くない時間だけれど——それからベッドへ連れていくんだ。今夜はメイドに頼んであるよ。ここのところずっと乳母がいなかったから、そういうことになっている」彼は探るような目つきで、じっとゲイルをみつめた。「どうかね、部屋は？」

どうしてこんなふうに見るのだろう……？　ゲイルの手はさっと生えぎわに伸びた。大丈夫、傷跡は隠れている。「気に入りました、とても」

「祖母の時代から、ずっと使っていなかったんだよ」と彼は言った。「こっちの棟は去年、修理して移ってきたんだ。居心地が肝心だからね、ゲイル、注文があったら何でも言ってくれるといい」

「はい、そうします」

アンドルーがドアに手をかけたので、ゲイルはあわてて自分の部屋へもどった。ずいぶん気持が軽くなっていた。

モリーは帰ってきていなかったので、アンドルーと二人きりで夕食をとった。食堂が二人きりには大きすぎるせいだったろうか、ゲイルはまた非現実感につかまってしまった。もうすぐ目が覚めて夢だったと気づく……しきりにそんな気がした。ろうそくの明かりに照らされた目の前の人が何だか見知らぬ人のように思える。しかつめらしい顔つきで侍《はべ》っている召し使いも、現に生きているとは思えない……しいんとした雰囲気のせいで、いっそうそんな感じが強まるのかもしれなかった。

苦役のような食事を終えると、やっとアンドルーがひと言、言った。「コーヒーはラウンジへ頼む」

見事なラウンジだった。大きな暖炉には火が燃え盛っている。壁にはオーク材の腰羽目《ごう》が張りめぐらされていて、壁の上半分には美しいタピストリーや絵が飾られている。格天井は天使や花や鳥の図柄で埋まっていた。

アンドルーは雑誌を読み始め、ゲイルは一人きりでほうり出されたような気持になった。自分が軽率だったのだろうかと思う。あのときヘザーの忠告には耳も貸さなかったけれど、結婚しようと即座に決めたときに確かに聞こえた内心の声というのは、いったい何だったのだろう。投げやりな気持になっていて、結局のところは自分の一生をめちゃめちゃにしようとしたのだろうか……そういう思いが払っても払っても消えていかなかった。

コーヒーを飲み終えるとすぐ、ゲイルは立ち上がった。「部屋へ下がらせていただきます」

彼はちらっと時計を見た。「まだ早いな。だけど疲れているんだろうね」

「はい、ちょっと」ゲイルはつぶやくように、おやすみなさいと言ってラウンジを出た。

妻でも母親でもない……。

丘に立ったゲイルの髪を風がそよがせている。ダンロッホリー屋敷に来てからもう一カ月もたつのに、アンドルーとの間は他人同様だった。そんなのは結婚生活じゃないわ、というヘザーの言葉が浮かぶ。

確かに、ロビーとはますます強い愛情で結ばれるようにはなったが、シェーナは相変わらずなついてくれない。それに、モリー……。

モリーはゲイルに敵意を抱いていて、それを隠そうともしない。父親が便宜的に結婚したのだ、と使用人たちの前で口に出してはばからなかった。

救いといえば、その使用人たちがしだいにゲイルを温かく迎え入れ、何くれとなくゲイルのために尽くしてくれるようになっていることだが……。

モリーのことは心構えをしていたからまだしも、モリーたちの祖母、亡くなった母親の産みの母であるミセス・デービスが屋敷に出入りしているとは思ってもいなかった。週に一度は孫たちに会いに来るのだ。痩《や》せたきつい顔立ちの人で、のっけからゲイルに反感をむき出しにしていた。しかも甲羅《こうら》を経ているだけに、モリーよりもはるかに陰湿に巧妙にゲイルの神経を逆なでする。辛抱強いゲイルだが、腹にすえかねることばかりだった。

一カ月もしないうちに我慢できなくなるわ、というヘザーの言葉が頭をよぎる。

馬にまたがったモリーの姿が丘の頂に現れた。モリーはゲイルの姿を認めると長い金髪を風になびかせながら丘を下りてきて、ぴたりとゲイルのそばに馬を止め、いかにも横柄な目つきでゲイルを見下ろした。顔は紅潮している。朝から顔を洗っていないような、不潔な感じに見えた。

「いかがかしら、お義母様《かあ》のご機嫌は?」モリーはせせら笑いを浮かべて言った。

「ありがとう、とってもいいですよ、モリー」ゲイルはもったいぶって応じた。

モリーは、むっとしたようだった。「あら、相変わらず猫かぶりでいらっしゃいますこと!」

ヒースの燃えるにおいが西風に乗って、鼻を刺す。西の方には山焼きの煙が立っている。

ゲイルは馬上のモリーを見上げた。「いつもわたしにそんな失礼な態度をして、何の仇《あだ》討《う》ちをしているつもりなの? お友達でしょ、わたしたち?」

「あなたと、このわたしが?」モリーは金色の眉を大げさに上げた。髪の色は祖母とは大違いだが、そんな表情をするとじつによく似た顔つきになる。もちろんいまはとてもきれいだが、若さが失われれば、あの祖母そっくりになるとゲイルは思った。「友達なら、うんざりするほどいるの。おあいにくさま!」角を曲がってきたジープを目ざとく見つけて、モリーは大声をあげた。「シンクレア、誰かに言って、ラスティを取りに来させるのよ、いいわね!」

「忙しいんですよ、お嬢様」ジープは速度も落とさずにまた道を曲がっていってしまった。

モリーはジープの消えていったあたりを悔しそうにみつめていたが、「あんな生意気なやつ、あとでとっちめてやる！」と言うなり、屋敷の方へ一目散に馬を駆っていった。

いったいあの子の先行きはどうなるのだろう、と思い悩みながら、ゲイルも丘を下っていった。モリーに力を貸してあげられたらと思っていたゲイルだが、もうさじを投げたというのが本心だった。

救いようのない娘、と言ったアンドルーの声を思い出し、似たところのまったくない父と子の顔を思い浮かべた。親に全然、似ない子だって世間にはいっぱいいるのだから、モリーがアンドルーの子でないとは言えない……。屋敷に入ると、居間からアンドルーのどなり声が聞こえた。ゲイルは思わず立ちすくんでしまった。

「シンクレアには、これからだってわたしが好きなような口をきくわ！」モリーの金切り声があがった。「どうせ召し使いじゃないの。身のほどをわきまえた口をきいてもらうわ！」

「使用人に敬われているんだから、おまえも同じような態度で……」

「敬われてなんかいないわよ！」

「人の話の腰を折るな！」アンドルーの声はこらえ性をなくしたような感じだった。「いいか、モリー、気をつけないと、やるところへやってしまうぞ」

せせら笑いがあがった。「どこ？　寄宿学校でしょ？　もう二カ所から追い出されてるのよ。入れられたってすぐ出てみせるわ。どうせわたしをここから追い出そうとしてるのは、プラトニック・ラブごっこの大好きな、ご立派なあなたの奥さんなんでしょ。そんなうまい……」

ばちん、と頬が鳴った。ゲイルは自分がぶたれたみたいに、一瞬すくんでしまったがすぐ気を取り直してドアを開けた。

「アンドルー、お願い……」と言ったが、アンドルーのすさまじい形相にひるんでしまった。モリーは頬を押さえていたけれど、アンドルーの指の跡は大きくはみ出している。

「話を……モリーと話したいんですけど、いいですか?」

「出ていけ!」と彼はどなった。「余計なことに口を出すな!」

ゲイルはわなわなと震えながら自分の部屋へ上がった。口を開いたときには、ゲイル自身も余計な口出しをしているとわかっていたのだ。アンドルーほどの強い人でもモリーに手こずっているのだから、非力なわたしが何をしたってむだかもしれない……。そんなことを思っていると、突然ドアが大きく開き、アンドルーがずかずかと入ってきた。彼は氷のようにぎらぎら光る目でゲイルをにらみつけた。

「アンドルー」ゲイルは思わず後ずさった。「ごめんなさい。余計な口出しはしないほうがいいことは、わかっていたんですけど、つい……」

「今後は、助け船を出すのはよしてもらおう」彼の声は鞭《むち》のようだった。「それに、きみの助けなり助言なりが必要なときは、こちらから言う。それまではちゃんと、分を守っていてもらう」

「はい……すみませんでした。ただ……お役に立てれば、と思ったものですから……」

「必要なときはこちらから言う。わかったね？」

うなずくよりしかたがなかった。ちらっと鏡に映った顔は、真っ青だった。

ドアがぴしゃりと閉まり、ゲイルはベッドにくずおれた。胸に手を当てると、鼓動がいやに早い。そっと枕に頭をのせて、じっとりと冷や汗をかいている額に手をやった。傷跡が青く盛り上がっているに違いないと思った。気持が激しく動いたときは、いつもそうなのだ。

夫の冷ややかさ、モリーの敵意、子供たちの祖母の悪意、少しもなつかないシェーナ……押しても引いてもびくともしない壁に取り巻かれている感じだった。ここから出るなら、いまよ……そんな思いがよぎったときに、ロビーの顔が浮かんだ。あきらめるのはまだ早い。シェーナだって、いずれはわたしの気持に応《こた》えてくれる。それが、ずっと先のことだって、ロビーがいさえすれば心の支えになってくれる……。

起き上がって、髪を元どおりになでつけた。子供たちを学校に迎えに行くにはまだ早すぎたが、早めに出かけていって買い物をしようという気になった。

メルセデスのそばに置かれているいつもの小型車に乗ってピットロッホリーに行き、セーターとツイードのスカートを買った。そして、花屋の店先に並んでいる春の花に目を引かれて、大きな花束を作ってもらった。学校へ行く道々、脇に置いた花束に目をやるたびに、ゲイルの心は晴れていった。

ロビーとシェーナが学校からまっしぐらに飛び出してきて、バックシートに乗りこんだ。「見て、ぼくが作ったんだよ」ロビーがイースター・カードをひらひらさせた。「ほら、マミーとダディにって書いてあるでしょ?」

「すてきなカードね」マミーとダディに、と書いたきちんとした字を見て、ゲイルの胸は熱くなった。「あなたは作らなかったの、シェーナ?」

「まだできてないの」とシェーナは小さな声で言った。「絵の具が乾いてないから、置いてきたの」

「べったり塗るからさ」とロビーが言った。「赤ん坊のときはみんなそうなのさ」

「赤ん坊じゃないわ、わたし」

「赤ん坊のクラスじゃないか」

「シェーナは一年生よ、ロビー」とたしなめてゲイルは車を出した。「赤ちゃんじゃないわ」

「六歳よ、もうじき」とシェーナも言った。

「まだ、なかなかさ。誕生日は七月じゃないか。夏休みにならなくちゃ六つにはなれないってことだよ」

シェーナは黙りこんでしまった。あっさりと言い合いをあきらめてしまうなんてこの年ごろには不自然すぎる、と思ったゲイルは、シェーナにしゃべらせようとあれこれ話しかけたが、とうとう屋敷へ着くまでシェーナは口を結んだきりだった。

モリーは乗馬ズボンをはいたまま、表階段に腰を下ろしていた。ロビーとシェーナは車を飛び出すと、芝生に置いてあるぶらんこの方へ駆けていった。ゲイルは車から包みと花束を出した。アイリスやチューリップや水仙の花弁は少しも痛んでいない。

「誰に買ってもらったの？」屋敷に入ろうとするゲイルにモリーが突っかかるように言った。

「自分で買ったのよ」ゲイルはにこっと笑いかけた。「ほしいなら、分けてあげますよ」

モリーは高慢そうにゲイルの全身をじろっと見まわした。「気前がいいのね。家には温室が三つもあって、いまは花でいっぱいだわ。そんなちっぽけな花なんて、お呼びじゃないわよ」

「ちっぽけかしら？」ピンクと黄色の複色になっているチューリップの花弁を、ゲイルはそっとなでた。

「あなたにはそうじゃなくても、そんな花、お父様はいやがるわ。並みのものや劣等なものは我慢できない人ですからね、お父様は」

「くらべなければ、そう思わなくてすむでしょ?」

「くらべるって、何と?」

「温室のすてきな花とですよ、もちろん」

モリーはまた小生意気な目つきでゲイルを見て、「誰かにもらったくせに」と言うなり、さっと立ち上がった。「花がほしいんなら好きなだけ温室から切ってくればいいんですからね、誰かにもらったに決まってるわ。誰なの? ハンサムな人? スコットランド人? わたしはイングランド人のほうが好きだわ。とっても……熱っぽくて……どういう意味かわかるでしょ?」ぞっとしているゲイルの顔を見て、モリーは下卑た笑い声をあげた。

「くらべなくてはわかりっこないわね。スコットランド男に抱かれたことがないんでしょうからね。スコットランド人の夫にって言い換えてもいいわよ!」

「何てことを言うの! 恥ずかしいとは思わないの、そんなことを言って!」

「あら、恥ずかしいと思わなくてはいけないのは、どっちかしら。名ばかりの奥さんが……」

「勝手なことは言わせませんよ、モリー。二度とそんなことを言ったら、承知しませんよ!」

モリーは大きな目をいっぱいに見開いた。「あのドアは、ミセス・マクニール、あなたがここへ来てから一度も開いたことがないわ」

「わたしの部屋へ入ったのね、無断で！」

「わたしって知りたがり屋なの」モリーは恥じるふうもなかった。「あそこの鍵は何年も前になくなったままなの。もちろんお父様は廊下をまわればいいのよ、あなたの部屋に行きたければ。でも、そうしてないわ」ゲイルは怖気《おぞけ》をふるう思いで、じっとモリーの口元をみつめていた。「でも、いくら名ばかりの奥さんだからって、他の男の人からプレゼントをもらうのは、どうかしら。夫のある人が他の男に花を買わせるなんて、許されないことだわ」

モリーの声が聞こえよがしに大きくなったのに気づいて、ゲイルはモリーの目に視線を上げた。モリーはゲイルの後ろの方に目をやっている。ゲイルは振り返った。アンドルーがドアのそばに立っていた。

「言ったはずよ、この花は自分で買ったんです」ゲイルはそう言い放って、さっさとホールへ入った。

「花なら、温室にあるよ」アンドルーは眉をひそめていた。モリーの言いがかりをもっともだと思ったのかしら、前の奥さんのことがあるから……とゲイルは思った。

「知ってるわ、アンドルー。でもこの花を店先で目にとめたとき、ほしいと思ったんです」ゲイルの声は、自分の耳にさえか細くしか聞こえなかった。ゲイルはぎゅっと唇を噛《か》んだ。「衝動買いって言うのかしら。あんまりきれいだったもので、それで……」

「ほしいのならいくらでも買ったらいいよ、ゲイル。だけど、家ではありあまるほど花を作っているのだということも忘れてほしくないね」顔つきは相変わらずだったが、彼の声は和らいでいた。

ゲイルは、「気をつけます」と言って目を伏せたが、すぐまた顔を上げた。目がきらきらと輝き、唇がわなわなと震えていることも、自分では気づかなかった。「自分でもはっきり説明できないんです」いぶかしそうな目つきをされたので、ゲイルはあわてて言い添えた。「どうしてこういう買い物をしてしまったのか、ということです」そう言いながら、お父様はそんな花はいやがるわ、というモリーの言葉を思い出していた。「あの……この花をラウンジに生けてもよろしいですか?」

「もちろん、好きなように生けたらいい」彼はまた眉をひそめた。「そんなこと、わたしに尋ねるまでもないと思うがね、ゲイル」

ゲイルは、はじめてにっこりと笑った。そして、花瓶を取りに納戸へ向かう間、知らず知らずのうちにハミングまでしていたのだった。

3

　ロビーとシェーナが先を争うように駆けていくあとを、ゲイルとアンドルーはゆったりとした歩調でついていく。いつもの日曜の午後の散歩だが、アンドルーが加わったのははじめてのことだった。

「わたしも行こう」と彼が言い出したときの子供たちの喜びようといったら、なかった。もちろん、ゲイルにとっても思いがけないことだったけれど。

「すっごいや、ダディ!」ロビーは歓声をあげた。

「ダディと一緒って、大好きよ」シェーナはゲイルにそう言って、にっこりと笑いかけた。シェーナはまだなつかない態度を続けていたが、それでも少しずつ、氷は解けてきている。

　ロビーのほうは、もうゲイルにべったりという感じだった。ゲイルが提案することなら一も二もなく承知して、すぐ夢中になった。〝すっごいや〟というのは彼のこのごろの口癖だ。もともと、元気いっぱいの自然児なのだ。シェーナのほうは二人に引きずられるようにしてしぶしぶ遊びに加わっている様子だが、おやすみの時間になると、昼間、表に出さなかったゲイルに対する愛情を感じさせることがあった。お風呂と食事の世話をしてから、ひとしきり本を読んでやるのだが、その時間ゲイルは、ようやくこれで母親になったのだという喜びを噛《か》み締めるようになっていた。

ロビーが、「もっと読んで、お願い、お願い」と言い出すと必ずシェーナもかわいい声で、「もっと読んで、お願い」とせがむ……そういう何日かが続いてから、ある晩、うれしい瞬間が訪れたのだった。

おやすみを言ってから部屋を出ようとすると、「マミー……」とはじめてシェーナに呼ばれたのだ。

ゲイルはうれしさに胸を詰まらせながら、振り向いた。「なあに、ダーリン？」

「毛布がずれてしまったの……動いたから」

「じゃあ、また、かけてあげましょうね」

シェーナは黙りこくったままゲイルを見上げていたが、やがて言った。「わたしのマミーなのね、やっぱり？」

何と答えたものかゲイルはちょっとの間、思いあぐんでいた。「本当のマミーじゃないのよ、シェーナ。それは知ってるでしょ？」

「ええ」しばらくためらってから、シェーナは言った。「ダディに何度も、マミーって呼びなさいって言われたの。はじめはいやだったけど、でももう、ロビーみたいにしたいの」

何か言わなければ、と思ったが声が出ない。ゲイルはそっとシェーナにキスをして寝室を出ていった。

苦労もこれで報われたと思ったが、それが早計だったことはすぐわかった。確かにマミーと呼んでくれるようにはなったが、相変わらずなついてくれたとはとても言えない状態だった。シェーナの胸の中の氷を解かすにはずいぶん時間がかかる、そうゲイルは改めて自分の胸に言い聞かせたのだった……。

車道をはずれると、やがて白樺に岸辺を取り巻かれた美しい小さな湖《ロッホ》が見えてきた。すらりとした幹が明るい日差しの中で白々と輝き、枝々はふくらみきった蕾《つぼみ》をぎっしりとつけて、たわんでいる。ふと丘の上に目を上げると、のろじかの群れがじっと一行を見下ろしていた。子鹿を連れた優美な雌鹿が何頭かいる。二羽ののすりが群れの上を舞っていたかと思うと、今度は灰色がらすが耳ざわりな鳴き声をあげて、草を食《は》んでいる群れを悩まし始めた。

「何とかしてよ、ダディ」とロビーが叫んだ。

「銃がないよ」

「持ってくればよかったのに。灰色がらすなんて、たくさんだよ」ロビーがそう言い終わるか終わらないかに、があん、という銃声が谷の下から聞こえた。

「どうしたの?」ゲイルはひるんだ声を出した。

「猟番のメレディスが巣を壊しに行ってるんだよ」とアンドルーが無頓着《むとんちゃく》そうに答えた。

「巣って?」

「灰色がらすの巣さ。谷に作るんだ。いまが退治する時期なんだよ。繁殖してほしくない鳥だからね」

「卵は取ってくるでしょ?」とロビーがきいた。

「もう孵《かえ》ってるよ、ロビー。たぶん、巣にいた親鳥もひなも死んだよ」

「残酷だわ、ひなを殺すなんて」ゲイルは息をのんで言った。

「目をくりぬかれて苦しんでいる雌鹿の姿を一度でも見たら、そんなことは言っていられないはずだよ」と言ってから彼はゲイルにふっとほほえみかけた。「スコットランド高地で生き抜くっていうことは生やさしいことじゃないんだよ、ゲイル。それに、きみにはわれわれが残酷と思えるかもしれないけど、われわれが殺生好きってわけじゃないことは、いまにわかる。何もむやみに灰色がらすの巣を襲っているんじゃないんだよ」

しばらく何も言わずに四人は散歩を続けたが、やがてゲイルはあたりを見まわしながら、つぶやいた。

「ここがみんな、あなたの土地なのね。まだ、百分の一も知らないわ、わたし」

「時間ならたっぷりある」彼の話し方はいつものようにぶっきらぼうだったが、顔つきはいつもとだいぶ違って、くつろいでいるように見えた。もちろん、鎧《よろい》を脱いでくれているわけではなかったけれど。

やがて、湖のほとりに出た。左手に小屋が見える。「あれは?」ときくと、釣り小屋だと教えてくれた。

「鮭《さけ》はとれるんですか?」

「鮭は川にいるんだ」とロビーがすかさず言った。

「はねるのよ」とシェーナが言った。

「わたしたちの……あなたの川にいるんですか?」ゲイルはアンドルーを見上げた。

「いるよ、われわれの川に」われわれの、というところを強調して彼はゲイルに顔を向けた。「だけど、鮭の漁獲権は公爵領のものさ。川は地所の境界線なんだ」

「でも黙ってとっても……」

「わからないだろうけど、密漁はしたことがない」

ゲイルの顔は、ぱっと染まったが、彼の機嫌がよさそうだったので、思わず言ってしまった。「いまはともかく、スコットランド人の悪名は鳴り響いてますわ」

彼はからからと笑った。笑い顔を見たのははじめてだった。あんなハンサムな人はいません、というルイーズの言葉をゲイルは思い出していた。

「骨肉相食む争いに明け暮れた時代もあったろうけどね。だけどどちらかと言うと、隣人から盗むよりは、金ができたせいで軟弱になったイングランド人のところへ国境を越えて荒らしに行くほうが、よっぽど楽だったろう」

今度はゲイルが笑い声をあげた。「まあ、怖い」

「なあに、大昔のことだよ、みんな」

スコットランドの氏族制の話を彼はひとしきり説明してくれた。彼の話に耳を傾けながら、ゲイルは、こんなふうに気詰まりでないおしゃべりをしながら子供たちを連れて散歩する習慣ができたらどんなにいいかしら、と半ば祈るような気持で思っていた。これまでは、これでは子守り専門に雇われた使用人も同じ、と思わないでもなかったのだが、やっとちゃんとした妻になったというやすらいだ気持だった。

「この小川づたいに行っていいでしょ？」シェーナが父親を見上げた。「お家に帰るのは、いや」

日はもう荒涼とした山並みの上に傾きかけていて、ヒースの荒れ地はそろそろばら色に色づき始めている。

「日が落ちるととたんに冷えるからね」とアンドルーは言ったが、すぐ譲った。「いいだろう。もうちょっと足を延ばしてみよう」

傾きかけた日差しが風景をくっきりと浮き彫りにしていた。丘の上に立ち止まって西の方に目をやると、タンメル湖の雄大な眺めとうっそうと木の生い茂る谷間が見渡せた。北東には、氷河期の浸食で削り取られた山頂に雪を頂いている峰々を背景に、ベニーグローがそそり立っている。ヒースの生い茂る丘を鹿の群れが横切っていたが、傾いた日差しが投げかける影にまぎれて見えづらい。丘の麓《ふもと》には灰色の屋根の家々が、まるで風景に溶けこむようにひっそりとしたたたずまいを見せている。

「あの村の家も、全部、あなたのものなんですの?」とゲイルは尋ねた。

彼は首を振った。「大部分は住んでいる人の持ち家だよ。わたしの持ち家も何軒かはあるけれどね」

「持ち家にしては、みんな同じような家ですね。自分たちの好きな色に塗るくらいのことは、しないのかしら」

「そういう許可を出していないんだよ」

「でも、さっきは、住んでいる人の持ち家っておっしゃったでしょ?」

「そうさ」彼はゲイルを見下ろして笑った。「また、きみの好みに合わないことを言わなくてはならないな。村の住人たちは、いまだに領民みたいなものなんだ。永代租借権はあるけれど、家を自分たちの持ち家にしたときに、こちらの条件を守るという一札が入ってるんだ。外観を勝手に変えない、というのも条項のひとつなんだよ」

「つまり……」ゲイルは信じられない思いだった。「いまだに封建制度が生きているんですか?」

「昔の制度とはまったく違ってはいるけれど、実質的には地主の権利が強い」彼は村に目をやった。「風景にしっくり合っている感じだろう、あの家並みは? あれで壁を白く塗ったり、屋根瓦を赤や緑に変えたりしたら、どんなふうになると思う?」

「それはわかりますけど、でも、やっぱり……」

「何だね?」彼はちらっとゲイルを見たが、すぐ、木立の間を駆けまわっている子供たちに目を移した。

「まさか年貢を納めさせているわけではないでしょうね?」と笑いながらきくと、納めさせているよという、こともなげな返事が返ってきた。

「もちろん、契約による借地料さ」と彼は言い直した。「それに、法外な額でもない。年に十シリングか一ポンドぐらいのものかな、わたしはよく知らないんだ。シンクレアに万事まかせてあるから」

「骨が折れますね、シンクレアも」

「本当によくやってくれるよ。彼がいなかったらわたしはお手上げだよ」

早瀬が滝になって落ちているところへ出た。

「自家発電なんだよ。そうだね、ダディ?」見上げるロビーにアンドルーはにっこりとうなずいた。「水がパイプを通ってね……」ロビーはゲイルの手を引っ張った。「ほら、パイプが地面の下に埋まってるのが見えるでしょ?……水はあそこを落ちて、家の水力発電所へ入るのさ。ダディが作ったんだよ」ロビーは得意そうに言った。

「あなたがなさったの?」

「一人でじゃないよ。わたしは手を貸しただけだ」

しばらく流れに沿って歩いてからやがて屋敷へ向かったが、何だかずいぶんアンドルーの隠れた顔を知ったような気持だった。

ふっと、亡くなった夫人の美しい姿がゲイルの目に浮かんだ。肖像画がギャラリーにかかっているので、どんなに美人だったかゲイルにも見当がついた。あんなに美しい人と二十歳《はたち》そこそこで結婚して、七カ月後にモリーが生まれて……。

彼が四六時中むずかしい顔をしているのも無理はない、という気がした。夫人の背信と娘の不行跡に痛めつけられるだけ痛めつけられて、幻滅や屈辱をいやというほど思い知らされているのだから。

いつもの苦虫を嚙みつぶしたような顔が今日はいくらかでも解けたのは、モリーがいないせいかもしれない……そうも気づいた。

帰り道は早かった。美しい夕焼けに染まる屋敷が近くなると、ロビーが言った。「とっても楽しかったね、今日は。また今度、一緒に行こうね?」

「そうだな、ロビー。また来週、一緒に散歩しよう。もちろん、いいお天気だったらだけどね」

本当にすばらしい一日だったわ……その夜遅く、テーブルランプのやすらぎに満ちた光に包まれてベッドに横たわりながら、長かった一日のことをゲイルはあれこれと思い出していた。

朝、教会へ行くときには、ロビーがキルトをはくと言って聞かなかった。ダディとおそろいにするんだと言って……それから、昼食。アンドルーはよくしゃべったし、食事中にロビーとシェーナがにぎやかなおしゃべりをしても、いつもと違って何も言わなかった。そして和やかな食事が終わると、いつも三人でしていたお定まりの散歩に自分から一緒に行こうと言い出したのだった。うれしさを抑えられずにいるゲイルの顔を彼はまじまじとみつめていた。ゲイルの手は自然に生えぎわに伸びた。

散歩のあとのお茶の時間にも、ロビーとシェーナは、はしゃいだおしゃべりを続けたが、彼は制止するどころか、ゆったりと椅子の背に体をあずけて子供たちの話に耳を傾けていた。二人は何度、和やかな目を見交わしたことだろう。

いつもこんなふうだったらどんなにいいか……と思っているうちに気持のいい眠気に誘われてゲイルはうっとりと枕に顔をうずめたのだった。

悪友たちの家を泊まり歩いていたモリーが水曜日に帰ってくると、ダンロッホリー屋敷はまた、いつもながらの重苦しい雰囲気に閉ざされてしまった。モリーがいない間はにこやかな顔つきだった使用人たちも、不機嫌を隠そうともしない。

金曜の朝、子供たちを学校に連れていってもどると、モリーがいつになく早起きをしてぼんやりと外を眺めていた。雨が降っていて、霧が立ちこめている。モリーはたばこを吸っていたし、ウイスキーの入ったコップも手にしていた。

「何てお天気かしら！　あーあ、お金がありさえすれば、外国へ行ってしまいたいわ！」

黙殺して通りすぎてしまうわけにもいかなかった。「誰かと一緒に？」とゲイルは言った。

「知りたいかしら、ミセス・マクニール？」

「別に知りたくはありませんよ、モリー」

「うんざりするわ、そのもったいぶった態度。本当のことがみんなに知れたら、そんなふうにお高くとまってられないのにね」

「お高くとまってなんかいないわ。良識というのを重んじているだけよ」

モリーが猛烈なののしりの言葉を吐いた。ゲイルが怖気《おぞけ》をふるう様子を見て、モリーはけらけらと笑った。

「猫っかぶりね！」モリーはたばこを深々と吸いこんで、小生意気な様子でじっとゲイルをみつめた。「夫からほしいものをもらえない奥さんて、よそへ探しに行くらしいわよ」

「わたしのことがよほど気になるのね、モリー。どうしてなの？」

モリーは、にやっとした。「お父様の目を盗むのはむずかしいっていうことを言ってるまでだわ」

「もっとちゃんと、おっしゃい」

「よそに男をつくったら、すぐに見つけられてしまうって言ってるのよ。いくら抜け目なくしてもだめよ。お母様はそんな気をつかいもしない、ばかな人だったわ。わたしはもっと慎重にやるわ、結婚したら」

胸が悪くなったが、モリーがかわいそう、という気持もこみ上げた。母親が母親だから、と言ってしまえばそれまでだが、モリーがこんなふうになってしまったのは遺伝のせいだけだろうか。「いまみたいな生活を続けていて、結婚できると思うの？」

「未成年でさえなかったら、とっくに結婚してるわ」モリーは肩をすくめると、グラスを干して、また、どくどくとウイスキーを注いだ。「でも、結婚なんてどっちでもいいかもしれないわね、不自由はしてないから」

モリーはどこまで堕落するのだろう、とゲイルは思った。アンドルーが死ぬまでこの重荷を背負っていかねばならないのかと考えると、ぞっとした。「モリー、わたしたち、どうしてお友達になれないの？　そんなに外国へ行きたいなら、お父様に頼んでみましょうよ。ロビーとシェーナが夏休みになりしだい、みんなで一緒に行きましょうよ」

モリーはせせら笑った。「辛気くさいあなたみたいな人やあんなうるさいちびたちと、誰が一緒に行くもんですか！　とんでもないわ。誰かと行くなら、わたしが自分で勝手に選んだ人と行くわ」

ゲイルは冷水を浴びせられた思いだった。「そんな旅行にお金は出しませんよ、お父様は」

「出すわよ、わたしを追い払えるもの」

「部屋に閉じこめられるのが落ちですよ」

「閉じこめられたわ、丸々四日も。だけど、わたしは部屋をめちゃめちゃにしてやったわ。ちゃんと直すのにどのくらいかかったと思う？」モリーはグラスをあけて、また注いだ。

「同じ失敗は二度と繰り返さないわよ、お父様は」

「こんなふうにいつまでもお父様を困らせていたら、いまに捨てられてしまいますよ」

「お母様は捨てられなかったわ」

「いまはあなたの話をしてるのよ、モリー」ゲイルがぴしっと言うと、耳ざわりな笑い声が返ってきた。

「あら、いくらいやでも、どうしたってお母様の影は逃れられないわよ。お父様はそれはそれは愛していたんだし、面影はこれからだって大事に大事にするわ」モリーはゲイルの顔をうかがうように見た。「お母様のことは誰かから聞いてるでしょ？」

「あなたのお母様の話をしているんじゃないのよ、モリー」ゲイルはドアの方へ歩いた。「聞いてるはずよ。お父様は何度も何度もお母様を連れもどしたのよ。愛されていた何よりの証拠だわ。きれいな人だったのよ。傷ひとつなかったわ！」

ゲイルは、くるっと振り向いた。ゲイルは血相を変えていた。「どういうことなの?」

「どうって、事実だわ」ゲイルの剣幕にモリーはあっけにとられているようだった。ゲイルの体からはがっくりと力が抜けてしまった。「母は非の打ちどころのない美人だったわ。だからお父様が夢中になったのよ。劣ったものは我慢できない人だって言ったはずよ……」

モリーが言い募るのもかまわずにゲイルは部屋を出て、二階の自分の寝室に上がっていった。ゲイルの全身はわなわなと震えていた。

4

慈善市に出す衣類を子供部屋で選《え》り分けているところへ、モリーが入ってきていきなり言った。

「お金がいっぱいあるくせに、二百ポンドを出し惜しむんだから！」モリーの顔は真っ赤に上気し、目はぎらぎらと光っている。「本当に、けちよ。大嫌いだわ、あんな人！」

ゲイルは、シェーナのドレスをひろげて、どうしようか決めかねているところだった。まだ新品同然だが、来年までしまっておいたら小さくなってしまう……。思いきって、椅子の上にできている衣類の山にそのドレスを加えた。そして、また引き出しに向かいながら、「あなたの出方しだいでしょうね」と言った。

「ふん、もったいぶらないで、やり方を教えて」

「あなたの相手をしている暇はないの。他に用がないのだったら、部屋を出ていってもらいますよ」ゲイルが体を起こすと、すぐそばにモリーの顔があった。すごい顔つきだった。

「いったい、何様だと思ってるの、そんな口のきき方をして？　わたしは、モリー・マクニールよ！」

「あなたが誰だろうと、わたしは地位や家柄で人を差別したりしないのよ」ゲイルはさばさばと言った。「わたしはあなたの味方になろうとずいぶん努力したわ。本心から、あなたの力になってあげたかったのよ。でも、わたしのそんな気持をあなたはさんざん踏みにじってきたわ。もうあなたに愛想がつきたの」

「頬っぺたをぴしゃっとやるわよ！」

「いつまでもそんなことばっかり言ってないの、モリー」ゲイルはブラウスをひろげて大きさを見ていた。「この部屋から出ていってって言ったはずよ」

「行こうと行くまいと、わたしの勝手でしょ。ここはお父様の家だし、あなたはただのみそっかすよ。体のいい女中じゃないの！」モリーはたばこを取り出して火をつけ、わざとゲイルの顔に煙を吹きかけた。ゲイルがあわてて下がるのを見てモリーは笑った。「お金のこと、教えてよ」ゲイルが取り合わないでいるとモリーは甲高い声をあげた。「返事ぐらいしたらどうなの！　いったいどんな手を使ってお金を巻き上げるの？　あなたにはふんだんにくれているのに、わたしがもらえないのはどうして！」

「お小遣いをいただいてるだけよ、あなたと同じように。あなたとは使い道が違うだけのことですよ」何だか全身から力が抜けていく感じだった。どうしたって母の影は逃れられないとモリーは言ったけれど、これからのわたしに暗い影を投げかけるのはこのモリーかもしれないという気がした。

「どうせ、ためてるんでしょ？　お払い箱になる日に備えて。ロビーやシェーナが大きくなれば、あなたはいらなくなるわ」

そんなことを一度も考えたことのなかったゲイルは、思わずはっとしてしまった。

「ずいぶんたまってるんでしょ？」モリーはしつこい。

「むだ使いをする質《たち》じゃないのよ、わたしは」引き出しをぴしゃんと閉めると、ゲイルは衣類の山を抱えて子供部屋を出た。

子供たちを迎えに行くついでに衣類を届け、ロビーとシェーナを連れて家にもどった。

それから一時間ほどすると、前庭に車の音がした。窓から見るとモリーがジープに乗って帰ってきたところだった。大きなボール箱と買い物包みを抱えている。ゲイルはぎょっとした。モリーが敷地内で車を乗りまわしているところは、たびたび見たことはあったが、今日は町へ出たらしい。平気で無免許運転をしているのだ。

軽やかな足音が階段を駆け上がっていってモリーの部屋のドアがばたんと閉まるのを聞くや、ゲイルも二階に上がり、ノックもせずにモリーの部屋に入った。モリーはドレスを体に当てて鏡の前でしなを作っていた。

「何の用？」モリーは鏡の中からゲイルを見た。「ノックもしないで、よく人の部屋に入れるわね！」

「公道で車を走らせたのね?」

モリーは警戒するようにゆっくりとゲイルの方を向いた。「それがどうしたって言うの? お友達とドライブするときは、いつもしてることだわ。さっさとおちびちゃんたちの世話をしに行きなさいよ。あなたはそれだけしてればいいのよ!」

「見つからないとでも思ってるの? この辺の警察はあなたが未成年だということをよく知ってるんですよ」ゲイルはひるまなかった。

「法律が何よ! 見つかったらどうだって言うの、あなたが気にすることはないはずよ」

「気にしますよ。あなたはともかく、あなたのお父様に大変な迷惑が振りかかるんですからね」

「あら、いじらしいことを言うじゃない?」モリーは大きな目をいっぱいに見開いた。「ひょっとして、首ったけになったの? 女なら誰でも……」モリーはそう言いかけ、頭をのけぞらせて笑った。「片思いもいいとこだわ! みんなに話してやるわ、ちょうどいい笑い話の種ができたわ!」

ゲイルの顔から血の気が引いていった。「どこまで恥知らずなの、あなたっていう人は! あなたが訴訟されたりしたらどれだけお父様の面目がつぶれるか、わからないの!」

「お説教はやめて!」モリーの顔は真っ赤になった。「出ていって、わたしの部屋よ!」

もうこれ以上はどうしようもないと悟ってゲイルはモリーの部屋を出たが、今度のことばかりはアンドルーに言わなくては、とはっきり心を決めていた。告げ口はいやだったが、好き嫌いを言っている場合ではない。

モリーはいつも夕食にだけは遅れない。少しでも遅れると、席を片づけられてしまって他の部屋で一人きりで食べなくてはならないからだ。だが、その夜のモリーの席はとうとう片づけられてしまった。ゲイルはしだいに気が気でなくなり、ふと、「モリーはいるんでしょうか?」ときいた。

「いると思うけどね。どうしてそんなことをきく?」アンドルーはゲイルの顔を見て、眉をひそめた。

「どうしてということもないんですけど……何となく、いないような気がして」暗い夜道を車を走らせているモリーの姿が目に浮かんだ。もし人を轢《ひ》いてしまったら!……ゲイルは震える手をどうしようもなくてナイフとフォークを置いた。「モリーは今日、買い物に出たんです、車を運転して……」

「何だって?」彼はきっとなった。「間違いないかね?」

「帰ってきたところを見たんです」

アンドルーはじつにすさまじい顔つきになってさっと立ち上がるなり食堂を出ていった。

モリーがひどいお仕置きをされてしまうと思うと、とても気がさしたが、どうにもできないままゲイルは椅子に釘《くぎ》づけになっていた。

やがてアンドルーがもどってきた。怒りはいくぶんは納まっているようだったが、顔つきは荒々しくて、目の色はかえって沈みこんでいた。

「また仲間のところへ行ったらしい」と彼は言った。「ホールのテーブルに走り書きがのっていた。駅まで友達の車に乗せていってもらったようだ」

「車の運転はしてないわけですね？」ゲイルはいちおうはほっとしたが、また厄介なことになってしまったという気持だった。「何も言っていませんでした」

「二週間、留守にする……そう書いてある」彼は自分の席には着いたけれど、料理を口にしようともしない。「買い物に出たって言ったね？　何を買ったのかね、モリーは？」

「よくはわかりませんけど、ドレスが一着あったことは確かです」

「金がないと言っていたばかりなのにな」彼はしばらく思案をめぐらすふうだった。「きみは、まさか貸しはしなかったろうな」

すごみのある口調にゲイルはあわてて首を振ったが、背筋にぞくっと震えが走った。ずいぶんたまってるんでしょ、というモリーの声が耳の奥によみがえった。

お金はドレッシングテーブルの上の小物入れに入れて、鍵《かぎ》もかけてなかった。両親や姉夫婦と住んでいたときもそうだったし、この屋敷でも使用人たちを警戒する気にはならなかったのだ。食事を終えるとすぐ、ゲイルは自分の部屋へ上がっていって、小物入れを開けた。百ポンド以上あったはずのお金は影も形もなかった。

お金がありさえすれば外国へ行ってしまいたいわ、モリーは確かにそう言っていた。以前みたいにボーイフレンドと外国へ行ったのだろうか。何ていうひどいことを……わなわなと震えながら箱をじっと見下ろしているだけだったが、やがてモリーをそそのかすようにこんなところに無造作に入れておいたのがいけなかった、という気持がこみ上げた。

アンドルーに知れたら、彼がとてもつらい気持になるということも直感した。今度は娘が他でもない後妻からお金を盗んだ、と知れば彼の自尊心はめちゃめちゃに傷つけられてしまう。アンドルーの顔をつぶさないですむなら、お金なんていくらなくなったって惜しくない……そうゲイルは思った。

お通夜みたいな夜になってしまった。ゲイルは何度かアンドルーに話しかけてみたけれど、生返事やぶっきらぼうな返事が返ってくるだけだった。

それでも日がたつにつれて、モリーがいない気楽さが屋敷中にひろがって、アンドルーも気がかりをぬぐい去れないながらも、くつろいだ表情になっていった。

水曜は祝日で学校は休みだったけれど、二人の子供が風邪ぎみなので、外へは出さないようにしていた。雨は上がっていたが、山には霧が立ちこめていて風が冷たかった。

お昼をすませたころ、ミセス・デービスが二人を連れにやって来た。ゲイルは子供たちの祖母にも正直に、風邪ぎみなので暖かくさせておきたいのだと言った。三人は暖炉の前でトランプ遊びをしていたところだった。子供たちの顔にも、行きたくないという気持がありありと表れていた。

ミセス・デービスは横柄にゲイルを見下ろした。ゲイルがコートをあずかろうとしたのに、脱ごうともしない。「車の中は暖かいですよ。さあ、ロビー、シェーナ、コートを取ってらっしゃい」

ゲイルは唇を噛《か》んだ。「風がとても冷たいですし、ミセス・デービス……」

「孫を連れていってどこがいけないの。面倒でしょうけどね、支度をさせてちょうだい」

「ぼく行きたくない」とロビーがいつにもなくむすっとした顔で言った。「マミーとトランプしてる」

「わたしも」シェーナも言った。だるそうだった。

祖母の顔は赤らんだ。「なんて無作法なんでしょ！　アンドルーに言ってやらなくてはいけないわ。この子たちにこんなしつけをするために雇われているわけではないでしょ、あなたは！」

「ずいぶん妙な言い方をなさいますね、ミセス・デービス」ゲイルはむっとして、負けずに応酬した。「わたしは、アンドルーの妻です」

ミセス・デービスは底意地の悪い顔つきになった。「そんなふうにわたしに口答えする資格もないのよ。確かにアンドルーの奥さんかもしれないけど、あの人が結婚したのは子供の面倒をみてもらうという目的があったからですよ。あなたはその目的のために雇われた女中と変わらないのよ。さあ、さっさと支度させて」息をのんでいるゲイルを叱《しか》りとばすように言ってから、ミセス・デービスはシェーナの方を向いた。「コートを取ってらっしゃい。ロビーもよ。二人ともおばあちゃまのところへ行くんですよ」

シェーナが泣き出した。咳《せき》をしながら。こういうときにどうしてアンドルーはいてくれないのとゲイルは思った。彼はもみの木の苗場にフェンスを張りに行っている。もみの苗木の新芽は鹿の大好物なのだ。フェンスを張らずにいたら、苗木を守るために鹿のほうを撃たなくてはならなくなるのだから、大事な作業なのだ。

本当の妻でも母でもない、という思いがゲイルをひるませてしまった。

「どうしても、とおっしゃるのでしたらしかたがありません」ロビーの目を避けるようにしながら、ゲイルは言った。「でも暖かくだけはさせておいてください。それだけはお願いします」

やがて三人は車に乗りこんだ。バックシートに膝立てをしてすねたようにリアーウインドーからみつめているロビーに、ゲイルは手を振り続けた。

お茶の時間にアンドルーがジープでもどってきた。子供たちは？　とすぐきかれた。行き先を告げてからゲイルはためらいながら言い添えた。

「こんな寒さだったので、行かせたくはなかったんです。あの子たちはちょっと……」風邪ぎみだったので、と言いかけたが、さえぎられてしまった。

「あの子たちの祖父が寝たきりなのだから、しかたがないだろう。他に身寄りはないし、ロビーとシェーナを大事にしてくれるんだ。あの子たちに会うのが唯一の楽しみらしいからね」

そういう人に会いに行ったなら、と思ってだいぶ楽な気持になってお茶を飲んでいるところへ、子供たちが帰ってきた。シェーナの様子がおかしいのはひと目でわかった。大きな青い目はいやに涙っぽくて、頬が真っ赤で鼻水が出ている。鼻をかんでやりながら額に手を当てると、燃えるようだった。

「本当に風邪だったのね」とミセス・デービスはぬけぬけと言った。「シェーナがいつものようじゃないので、早々と連れてきたのよ。いま寝かせれば明日の朝は、けろっとするわね。お医者様を呼ぶことはないと思いますよ」

だが、アンドルーもゲイルもそうは思わなかった。シェーナはすぐインフルエンザと診断された。シェーナは高熱を出して、がたがたと震え始めた。

医者が出ていくとすぐ、アンドルーが言った。「出かける前から熱があったはずだよ」

「ええ。風邪ぎみだとは思っていましたから……」

「よくそれで出したな」彼はあきれ返ったようにさえぎった。「学校へだって行かせないだろう、風邪ぎみだったら」

「ええ。でもたいしたことはないと思ったんです。お昼のあとは気分もよかったようですし……」

「それで、出したというわけだね？」アンドルーのとがった声に気おされてゲイルは黙ってしまった。

「でも、行かせたくはなかったんです」とやっとゲイルは言った。「しかたがない、とあなたもおっしゃったじゃありませんか」

「シェーナの具合が悪かったとは言わなかったじゃないか。とにかく行かせたのがいけなかったんだ」シェーナがうわ言を言った。アンドルーはシェーナの汗ばんだ額にそっと手を当てた。「うかつだったというだけじゃすまないことだ。もう何時間も前にベッドへ入れなくてはいけない状態だったはずだ！」

厳しい、不当なとがめ立てをされて、ゲイルの目にじわっと涙がにじんだ。「暖炉のそばで暖まらせていたんです」とうとう我慢できなくてゲイルは言った。「そこへミセス・デービスがみえて、連れていくとおっしゃったんです。連れていかれなければ、早くベッドに入れたはずです」よほど苦しいのだろう、シェーナは身の置き場もないような感じに寝返りを打っていたが、とうとう泣き始めた。

「言えばよかっただろう、風邪をひいてるって！」青い目がゲイルをにらみつけた。「どうかしてる、そんなことも言わなかったなんて！」

「ちゃんと言いました」ゲイルは言い返した。「でも、どうしてもとおっしゃって……」

「きみがきっぱりと断っていれば、まさかそれでもとは言わなかったろう」ゲイルが抗弁しようとするのを彼は手で押さえるようにして、言い継いだ。「子供のことはきみにまかせてあるんだ。子供のためだと思ったことなら、遠慮することはないんだ」

わたしは使用人と同等というわけではないのですね、と念を押してきいてみたかったが、シェーナが苦しんでいるいま、そんなことをきいたら、それこそますます誤解されてしまうと思い、ゲイルは口まで出かかっていた質問を控えた。それでなくてもアンドルーの目は容赦のない厳しさでゲイルをにらみつけているのだから……。

何日間もシェーナは苦しんだが、ゲイルの付きっきりの看病が実ってようやく平熱にもどり、ちょうど一週間目に、父親に抱かれて居間へ連れてこられるほどに回復した。

「ほら、どうだい、これで？」太い薪《まき》を入れて燃え盛らしている暖炉の前の長椅子にそっとシェーナを横たえながら、アンドルーは言った。ゲイルはシェーナの背に三つもクッションをあてがった。「暖かだろう？」

「とっても暖かいわ、ダディ、ありがとう」シェーナのうれしそうな顔はアンドルーにだけ向けられたのではなかった。シェーナはうれしげに見開いたきれいな目を父親からすぐゲイルに移した。

病気の間にシェーナはすっかりなついてくれて、以前のようなよそよそしさや遠慮がちな様子は跡形もなくなっていた。ゲイルは感謝の気持で胸をふくらませながらシェーナの脇《わき》に座って、お話をいくつかした。そのうちにシェーナが眠いと言い出したので、カーテンをそっと引いた。

アンドルーはロビーを迎えに行ってくれていた。ロビーは、至れり尽くせりにしてもらっている妹がうらやましくてならない様子だった。朝、学校へ行く支度をさせて、「さあ、これでいいわ」とゲイルが言ったとき、ロビーは口をとがらせたのだった。

「ぼく、何だかおなかが痛いんだよ。きっと、痛風なんだ。ひいおじいちゃまが痛風だったんだ」

「痛風は足が痛むのよ」ゲイルは笑いながら、ロビーのえり巻きをきちんと直してコートのボタンをかけた。「おなかは痛まないのよ、ロビー。もっと別の名案を考えるのね」

ロビーはいくつか別の名案を考え出したが、ゲイルやアンドルーに笑われるだけなので、かんしゃくを起こし、とうとう「ぼくが死んでもいいんだね、ダディもマミーも一生後悔するんだ」とかわいらしくすごんでみせたのだった。

シェーナへの心尽くしの看病を目の当たりにして、アンドルーははじめてゲイルの心の深さに気づいたらしい。いままでゲイルが見たこともないような表情でじっと見守るアンドルーの目に何度も出合って、ゲイルの頬はふっと染まり、胸がうずいた。そのたびに知らず知らずのうちに生えぎわの傷跡のあたりに手がいっていた。医者の勧めに素直に従って整形手術を受けていればよかったと思ったが、後悔先に立たずというのはこういうことを言うのかもしれない。いまでは子供の世話にかまけていて、そんな暇があるわけもないし、傷があるなどとアンドルーに知られるのが何よりも怖い。知られてしまったらアンドルーに嫌われてしまう。しかし、それよりも恐れているのは自分の胸の中をのぞきこむことかもしれない……。

ロビーが飛びはねながら入ってきた。ゲイルは唇に指を当てた。「しいっ。眠ってるのよ」

「起きてるさ」ロビーはシェーナの耳元に口を寄せてわざとひそひそ声を出した。「シェーナは明日は学校へ行くんでしょ?」

ゲイルはにやっと笑って首を振った。アンドルーが部屋へ入ってきた。「あと一週間はだめよ」

ロビーは口をとがらせた。「そんなの不公平だよ。ちゃんと起きてるんだもの、もう治ってるよ」

「ちゃんと起きてないわ」目を覚まされてしまったシェーナが言った。「ちょっと起きてるだけよ。そうよね、マミー?」

「そうよ、ダーリン、ちょっと起きてるだけよ」

「わたしの大事な赤ちゃんは、どんな具合かな?」アンドルーの日に焼けたたくましい顔は暖炉の火を受けて、和らいで見えた。たっぷりとした褐色の髪は外を吹きすさんでいる西風に乱れている。彼が身をかがめると、シェーナは父親の首に腕を巻きつけて大きな音をさせてキスをし、それからすぐに言った。

「赤ちゃんじゃないわ、わたし」

「じゃあ、抱っこしてもらいたくないわけか」

「してくれるんだったの?」シェーナはしょげた。

「そうだよ。こうしてる膝にさ」アンドルーは暖炉の傍らの椅子に腰を下ろした。「代わりに誰を抱っこしてあげるかな……ロビーにしようかな」

「いやだよ、ぼくは!」一人前の男に向かって何を失礼なことを言うの、という感じでロビーは言った。「マミーを抱っこしてあげればいいじゃないの」

アンドルーはからかい半分の目でゲイルを探るように見た。ゲイルの顔はみるみる赤くなった。ゲイル自身には見えるわけもなかったが、優美な顔立ちが暖炉の明かりに映えて美しく際立って見える。目は長いまつげの陰になっているが、それでも夢見心地でいるような切なげな目の色は見逃しようもない。

「どこのマミーだって、抱っこしてあげられっこないわ」シェーナがロビーを笑った。

「大きすぎるわ!」

「ぼくらのマミーはダディとくらべたら、とっても小さいさ。ダディの肩までしかないんだ！」

ゲイルはいたたまれずに立ち上がってカーテンを開けて光を入れた。ゲイルがまた椅子に腰を下ろしても、アンドルーはすらりとしたゲイルの体の線に目をさまよわせていた。

「ダディに抱っこしてもらいたいんでしょ？」ゲイルはシェーナの顔をのぞきこんだ。

「ええ……わたし赤ちゃんじゃないけど、でも、大きくなってってもいいのよね？」

「五歳半だからね、もちろんいいのさ」アンドルーはやっとゲイルから目をそらしてシェーナに言った。

シェーナは父親の膝に抱かれると、片手で首にしがみついて足をぶらぶらさせ始めた。ロビーは口元をぎゅっと引き締めて、そんな妹をちらっちらっと見ている。指はゲイルが座っている椅子の袖をしきりにたたいている。ゲイルはロビーの体に腕をまわして、そっと引き寄せた。ロビーはじつにうれしそうな顔つきになって頭をゲイルの胸にもたせかけた。ゲイルの様子をじっとみつめているアンドルーの目元や口元はずいぶんと和んでいたが、それでもまだ渋い顔つきだった。シェーナをこんな目に遭わせた張本人、という思いが消えていないのかもしれない……そんなふうに思うと、こうしてむつまじげにしていても何だか薄氷の上にいるようで落ち着かない。

ロビーが下からにこっと笑った。ゲイルもにっこりと笑いかけると、ロビーはゲイルの胸に顔をすり寄せた。シェーナはいかにも心地よさそうに父親のあごの下に頭をあずけている。望みどおりの一家団欒《だんらん》には違いなかったが、このむつまじさには肝心かなめの輪が欠けている……ロビーもシェーナも二人を愛しているし、アンドルーもゲイルも子供たちを愛している。でも……。

「お茶にします？」ゲイルはアンドルーにきいた。彼がこの時間に家にいたことはめったにないのだが、シェーナが病気になってからはロビーの送り迎えをしてくれていて、一緒にお茶を飲めるのだった。

「すぐでなくてもいいよ、別におなかはすいてないから。だけど、ロビーはどうかな」アンドルーはシェーナの顔をのぞきこんだ。「おまえはどう？」

「すいてるわ。サンドイッチとスコーンとビスケット、それから、ジャム！」

「はいはい、わかりましたよ、重病人さん！」

それから三十分ほどしてお茶を飲んでいると、シェーナが、「モリーは心配してるかしら、わたしが病気で？」と言い出した。モリーが弟や妹のことを気づかったことはまったくないのだが、それでも二人の口からはときおり、モリーの名前が出るのだった。

「さあ、どうかな」とアンドルーが応じた。

「モリーはどこなの、ダディ？」ロビーがサンドイッチをほおばりながら、きいた。

「旅行に行ったんだよ」アンドルーはゲイルにちらっと目を配った。ゲイルは話題を変えた。

「今日のお勉強は何をしたの、ロビー？」

「算数と書き方と、それから図画と理科。きつねのことを習ったの。ぼくが、家の子羊が襲われるって言ったら、そのことを詳しくみんなに話してくれるように、先生に頼まれちゃった。みんなに話すのって、ぼくとっても好きなんだ。大きくなったら、学校の先生になるんだ」

「ほう、きつねの話をね」アンドルーはスコーンにバターを塗ってシェーナの皿にのせた。

「ジャムもって言ってたね？」彼はジャム入れを開けた。

「でも、このジャムは嫌い」

「どんなジャムならいいんだい？」

「赤いのがいいの。これは黒いから、嫌い」

「黒すぐり《ブラックカーラント》に慣れてもらおうと思ったんですよ」とゲイルは言った。「すぐ、いちごジャムを取ってきます」

「ベルを鳴らせばいいじゃないか」とアンドルーは言った。こんなふうに思いやってくれたことは、はじめてだった。頬が知らず知らずに、ぽっと染まる。

「メレディスがきつねを仕留めたんでしょ？」とロビーがきいた。アンドルーは昨夜から、毎年この時期に欠かせないきつね狩りを始めていて、今朝は夜明けすぎに帰ってきたのだった。

いまはちょうど子ぎつねは巣立ちの前なので、灰色がらすのときと同様、母ぎつねと子ぎつねを退治できるチャンスということらしい。テリヤを使っての三人がかりのきつね狩りの様子を、アンドルーはひととおりロビーに話した。

「まだ、これからだよ。何匹かは減ったから、それだけ子羊もやられずにすむわけだけどね」

「きつねが羊を襲うのは、出産したあとだけじゃないんですか?」とゲイルがきいた。

「それはそうだ。夏の間はうさぎやはたねずみを常食にしているし、冬場はもっぱら死肉をあさる」

病んだ鹿や老いた鹿が倒れて、きつねにあさられている光景がゲイルの頭に浮かんだ。スコットランド高地の冬は厳しい、といまさらのように思った。

もちろんいまだに、けもの狩りには平気ではいられない気持だが、必要ならそれもしかたがないと思うほうに傾いていて、自分の気持の変化に戸惑うこともある。感情が理屈に押し切られたということだろうか。

赤ちゃんぎつねはとてもかわいいには違いないが、野放しにしておいてそのまま殖えていったら、どんなことになるだろうか。ゲイルがこの屋敷に来たばかりのころ雌ぎつねが一匹、撃たれたという話を聞いて、いやな思いをしたことがあったが、おかげで十匹の子ぎつねが生まれずにすんだのなら……。

「だいぶ慣れたようだね、われわれの流儀に」とアンドルーがゲイルの思いを察したように言った。

ゲイルはそっとうなずいた。「ええ、だいぶ」

「射撃を覚えたら？」とロビーがすかさず言った。

今度はゲイルは、はっきりとかぶりを振った。「とんでもないわ、ロビー」

5

二週間たってもモリーはもどらなかった。徹夜のきつね狩りが続いているせいもあるだろうが、アンドルーはげっそりとやつれ、眉間には四六時中、深い縦じわが刻まれるようになっていた。ゲイルにも、むっつりとした、不機嫌な顔しか向けない。

シェーナが久しぶりに登校する朝のことだった。ゲイルと二人の子供が朝食をとっているところへ、アンドルーが帰ってきた。オーバーオールにも髪にも泥がこびりつき、目は落ちくぼんでいる。

「用事を頼まれてくれないかな?」彼は険しい表情を変えずに言った。ゲイルはうなずいた。「フェンス作りに使うボルトやねじ釘《くぎ》を買ってきてもらいたいんだ。ここに書き出してあるから、これを見せればいい。この子たちを学校で降ろしてから、パースへ足を延ばしてくれればいいんだ」

「わかりました」

彼は店の場所を教えてから、「とりあえずきみのお金で払っておいてくれたまえ。あとで精算する。間に合うだろうね？」ときいたが、すぐ、「大丈夫だね。お小遣いはためているって、この間、聞いたばかりだからな。わたしはこれから汚れを落として、ひと眠りするよ」と言って、ゲイルが返事をする間もなくさっさと食堂を出ていってしまった。

ゲイルはお金がないということをどう弁解したものか、思案に暮れながらアンドルーのあとを追おうと立ち上がった。ちょうどシェーナがミルクのコップにスプーンを入れようとしたところだった。シェーナの手が滑って、コップが倒れてしまった。

「ぶきっちょ」ロビーが笑った。「ほら、服がびしょびしょじゃないか！」

時計を見上げてゲイルはため息をついた。シェーナを着替えさせる時間しかない。とりあえず子供たちを学校へ送っていって、引き返すしかない……。

だが、もどってみると、アンドルーはとっくにベッドに入ったということだった。

「食事はなさらなかったの？」ゲイルは女中頭のミセス・バーチャンにきいた。

「全然、召しあがらないんですよ」女中頭は恨みがましく言った。「寒い中を夜明かしなさったからと思って、せっかく熱いオートミールを用意しておきましたのに。本当に頑固なご主人様です」

境のドアのそばに立って耳を澄ましたが、何の物音もしない。廊下へまわって表のドアをノックしても返事がなかったので、そっとドアを開けて部屋をのぞきこんだ。カーテンが引かれていて、アンドルーはベッドで寝入っている。起こすのは気がひけるし、かといって、お金がなしでは用事がすまない……ゲイルは、ぎゅっと唇を噛《か》んで、ベッドに近づいて枕元に立った。

「アンドルー」とささやきかけたが、目を覚まさない。普通の声でもう一度呼ぶと、彼は目を開けた。アンドルーはちょっとの間、何が何だかわからない様子でいたが、すぐぱっと起き上がった。

「何があったんだ?」じつに激しい声が彼の口をついて出ていた。モリーのことで悪い知らせでも、と思ったに違いない。

「何もありませんけど……」

「じゃあ、何だね、いったい?」彼は腹を立てた様子だった。せっかく寝入っていたのだから、無理もない……ゲイルは口ごもった。

「買い物ですけど……お金が……足りなくて……」

彼はあきれたような顔つきになった。「十ポンドあれば間に合うはずだがね。多めに計算しても、十二ポンドは出ないよ」

「持ってないんです、そんなには」ゲイルは蚊の鳴くような声を出した。

「わかった」と彼は言ったが、さっぱりわからないという目つきをしている。

「持っていたら、せっかく眠っていらっしゃるところを起こしたりはしません」

「まあ、いいだろう」彼はぞんざいにそう言って、ゲイルを部屋から追い出すような手ぶりをした。「金庫から出すまで外で待っていなさい」

そんな出来事のせいで、アンドルーはゲイルにそっけなくなる一方だった。恨みの持っていき場がないままに、ゲイルはお金を盗んだモリーへの怒りを募らせていたので、やがてモリーが、どこへ行っていたか聞かずとも知れる日焼けした顔でもどってきたときには、さっそくモリーをなじったのだった。顔を合わせるなりそんなことを言い出されるとは思ってもいなかったのだろう、モリーはしばらく言葉に窮しているようだったが、やがて、お金なんて知らない、としらばくれた。

「そんなことで通ると思ってるの？　そんな日に焼けた顔をして、いったいどこへ行ってたんです！」

「太陽がいっぱいのところだわ。うらやましい？」

「お父様はあなたのことが心配で、ずっと……」ゲイルが言いかけると、モリーがさえぎった。

「ばかばかしい！　わたしがどこへ行こうと、何をしようと、お父様が心配なんかするもんですか。わたしがここにいなければ、かえってせいせいするでしょうよ！」

「そんな口は一人前になってからききなさい。あなたはまだ十五なのよ。あなたが何かしでかしたら、すぐお父様に迷惑がかかるんですよ。少しでもお父様を思う気持があるのだったら、もっとちゃんと振る舞いなさい」

「あら、お父様を思う気持なんて、これっぽっちもないわ。昔からなかったわ。誰にも、思いやりや特別な感情なんて持ったことがないわ、わたし。お母様だってそうだったのよ。だから、お母様は一生、幸せだったのよ」

「人を愛さないで何が幸せです、モリー」ゲイルはさとすように言った。「どうして、お父様の身になってあげようとしないの？」

「またお説教ね！　どうしていつまでも、そんなださいことを言ってるの？　いいかげんにあきらめたほうがいいんじゃない？　あなたが家へ来たのは、わたしを改心させるためじゃなくて、おちびちゃんたちのアイドルになるためでしょ？　わたしのことをかまってると、堕落の道へ引きこまれるわよ」モリーはあざけりの笑い声をあげて、ゲイルの頬を小突こうとした。ゲイルはあわてて後ずさった。虫酸の走る思いだった。モリーはまた笑った。「わたしがお金をとったって、お父様には言ったの？」

「このうえ、気をもませられるわけがないでしょ！」

「あら、優しいのね！　立派な心がけだわ、悩み疲れた夫に余計な心配はさせまいなんて」お気の毒、という目つきをゲイルに送った。「で、どうなの、悩み疲れた妻のほうは相変わらずほうっておかれてるんでしょ？」

あなたのせいでとんでもないことになってますよ、と口まで出かかったが、自尊心が働いた。「盗んだお金はちゃんと返してもらいますからね、さもないと……」とゲイルは言ったが、モリーの嘲笑《ちょうしょう》にさえぎられてしまった。

「しつこいわね！　とってないって言ったはずよ。きっと、メイドの誰かよ、とったのは。でも、ほんとにとられたの？」

「恥知らず！」ゲイルは思わず大きな声をあげた。

モリーは平気な顔でたばこの箱をバッグから取り出した。「さんざんお父様に言われてることだわ。そういうことだけでは気が合うのね」モリーはたばこに火をつけて、ふうっと煙をゲイルに吹きかけた。

ゲイルは急いで身を引いて、そのまま部屋を出た。

アンドルーはお茶の時間にもどってきたが、ゲイルは親子げんかの場面に居合わせたくなくて、早々に自分の部屋へ引き上げた。どんなやり合いになったのかは、いっさいわからなかったが、モリーは珍しく泣き崩れて夕食にも出てこなかった。そしてアンドルーのほうはいっそう情けない思いが募るだけらしく、どうにもやりきれない気持をどこに向けることもできないまま、ことごとにゲイルに当たり散らすのだった。

子供がいたずらをしたといっては叱《しか》られ、郵便物をすぐに手渡さなかったと雷を落とされた。アンドルーの虫のいどころが悪いのはモリーのせい、と思ってゲイルは我慢に我慢を重ねていたが、恨めしさは募る一方だった。

そんなある日、お城での舞踏会に招待されたことがきっかけで、アンドルーとの間はなおさら気まずくなってしまった。

「公式行事だから、女性は袖なしの夜会服を着ることになっているんだ」と彼は言った。このごろのアンドルーの様子にしては、じつに如才ない言い方だった。「持っているだろうね？　いや、こんなことをきくのも、きみが長袖のドレスを愛用しているらしいからだよ」

「袖はみんな短いですわ」肩にある傷跡のことを思ってゲイルは青くなった。「ちょっとした袖つきのほうが、わたしはいいんですけど」とゲイルはあわてて言い足した。

「今回は、正式のイブニングにしてくれたらうれしいんだけどね」彼が穏やかな口調で言った。

ゲイルはかぶりを振った。「それは、無理です……着慣れていませんし……」

「そんなことは理由にならないよ。持っていないんだったら、作ったらいい。お金なら、心配しなくてもいい」

ゲイルはまた、かぶりを振った。「無理なんです。どうして、好みのスタイルのものではいけないんです？」どうしても譲るわけにはいかなかったので、ゲイルはきっぱりと言った。「わたしの勝手にさせてもらいます、アンドルー。着慣れているスタイル以外はいやです」

「ちょっと待ってなさい」彼はゲイルを置いて出ていったが、すぐ、金額の書きこんでない小切手を持ってもどってきた。「好きなドレスを作るといい。ただし、袖なしだよ」彼は小切手をテーブルに置いた。

もちろん袖つきのドレスを着て舞踏会に向かった。コートで隠してあったし、アンドルーはてっきり袖なしと思っている様子だったので、ゲイルがお城の化粧室から出てきたときには、驚きを隠すのが精いっぱいのようだった。袖のあるドレスを着ている女性は一人もいない。しかもおおむねは、ごく細い肩ひもを使ったスタイルだった。

「どうして言うことを聞かなかった?」彼は人に聞こえないように声をひそめて、ゲイルをなじった。「よくも恥をかかせてくれたな!」

そんなあけすけな罵声《ばせい》を浴びせられるのははじめてだった。ゲイルは青くなった。

「すみません」ゲイルはしどろもどろに言った。「でも、どうしても、無理なんです。このほうが、ずっと都合がいいんです」どうして都合がいいのかきかれたらどうしよう、と言ってしまってから気をもんだが、アンドルーは何もきかなかった。自分勝手な女と思われてしまったのだ。最初の奥さんやモリー並みに、と悟ったがどうしようもなかった。

彼はゲイルの姿を目にするたびに腹立ちを募らすようだった。やがて車に乗って家へ向かったが、その間、二人はひと言も口をきかなかった。

アンドルーはこらえにこらえていた感じで、屋敷に入ったとたんにゲイルにくってかかった。

「いいか、今度、こんなふうにわたしに楯突《たてつ》くまねをしてみろ、ただではすまないからな！」

「別に、楯突いたわけではありません」ものすごい目でにらみつけられて、ゲイルの顔からは血の気が引いた。「着たいものを着て、かまわないはずです」

「わたしに恥をかかせてもかね、え？」

どうして恥をかかせたことになるのだろうか。誰が袖つきのドレスにことさら目をとめたというのだろう。それとも口さがない噂話《うわさばなし》はこれから始まるということなのだろうか……。「恥をかかされた、とお思いなら、謝ります。申しわけありま……」

「そんなことは二の次だ」と彼はどなった。「問題なのは、くだらない意地を張ったことだ。ちゃんとしたイブニングを着ない理由なんぞあるわけはないのに……」

「理由なら、ちゃんとあります」とゲイルはさえぎった。いっそ正直に言ってしまおうと思ったのだ。「わたしには……」

「四の五の言うな！」と彼はまたどなった。「とどのつまりは、女の意地ってことじゃないか。まったく、女ってやつは、そろいもそろって！」

アンドルーのやりきれない気持のはけ口にされているのだ、とゲイルははっと気づいた。日ごろの憤懣《ふんまん》を、弱いわたしに向けている……そう気づくと、たまりにたまっていたゲイルの恨みも噴き上げた。身代わりにされて当たられるのはもうたくさんだ。

「女はみんな同じ、とおっしゃるんですか？」ゲイルは唇をわなわなと震わせながら言った。「あなたはまだわたしのことを何も知らないじゃありませんか。それなのに、あっさりと、女の意地だなんて！　いいですよ、勝手にそう思ってくださっても。でもわたしは自分に合うものしか着はしません。わたしの好みがあなたの好みに合わなくても、おあいにくさま、と言うしかありませんわ！」

ゲイルの突然の激昂《げっこう》にアンドルーは度肝を抜かれ、さしものかんしゃくもどこかへ消えてしまったようだった。しばらくしげしげとゲイルの顔を見下ろしてから、彼は言った。

かんしゃくは立ち消えになったといっても、アンドルーの声は険しかった。「早のみこみをするもんじゃない、ゲイル。モリーが逆らうみたいにきみが逆らっている、とは言ってないんだ。モリーがもうどうしようもないのは、心の痛手ということを感じないからだ。無神経で無感動だからだ。あの子は傷つくことがない……だけどきみはその正反対の人だ。そんなことぐらい百も承知なんだよ、わたしは。だから、わたしが頭ごなしに言えば、きみの自尊心がすぐ傷つく。わたしに逆らえば逆らうで、苦しまずにはいられない。だからいいかい……」彼はまじまじとゲイルをみつめながら、とても穏やかな口調になって言い継いだ。「わたしがこうしてほしい、と言ったときには、そのとおりにしてくれることだ。そうじゃないと、ちょっぴり不愉快な思いをしながら毎日を送らなくてはならなくなるからね」

その夜ゲイルは眠れないままに、アンドルーに言われたことを繰り返し心に思い浮かべていた。彼にまるっきり誤解されているわけではないとはわかったが、本当にわかってもらえているとはとても思えない。だが、どういうふうにわかってもらいたいのか自問すると、傷跡のことや母親という立場のことがちらちらと頭に浮かぶだけで、自分の胸の中をのぞきこむのは相変わらず怖かった。

さわやかな陽気は五月に入るとすっかり定まったが、屋敷には雪解けにはほど遠い雰囲気が続いていた。二週間ほど北方の地所へ行ってくる、とアンドルーに言われたときには、ゲイルはほっとしたほどだった。ロビン・シェルダンというハンサムな青年と知り合ったのは、そのアンドルーの留守中だった。

ある日、乗っていた車がパンクしてゲイルが困りきっているところへ、頼りがいのありそうながっしりとしたその人が車を止めてくれたのだった。

「どうしました？」

「パンクなんです。換えなくてはいけないんですけど、わたしにはちょっと……」と言ってゲイルはその青年ににこっと笑いかけた。青年はすぐジャッキを取り出して、またたく間にタイヤを換えてから、ゲイルのすらりとした肢体やすばらしい美貌《びぼう》にうっとりと目を走らせた。

「どうです、あっという間でしょ」

「ありがとうございました。夫か誰かに、どうするのか一度、教わっておきます。パンクなんて、よくありますからね」

「すると、ご主人が……」青年はゲイルの左手を見て、「ついてなかった、ぼくは！」と大げさに叫んだ。ゲイルは笑ってしまった。

日曜日に、子供たちと一緒に教会から出てくると、ばったりとその青年に再会した。挨拶《あいさつ》がすむとロビンはさっそく言った。「お子さんですか？」

「ええ。ロビーとシェーナです」

彼は不思議そうにゲイルを見た。「どちらなんですか、お住まいは？」

丘の上にそびえる屋敷をゲイルは指さした。「あそこがわたしの家です」

「ダンロッホリー屋敷か……」青年はまた不思議そうな目つきになった。「もう一人、お嬢さんがいますね？」ゲイルはうなずいた。

モリーの不行跡を知っている顔つきだった。アンドルーはこういう目つきにいつもさらされているのだ、ととっさに思った。同情と後悔がこみ上げた。あの人はずいぶんつらい思いをしているのに、イブニングのことであんなにわずらわしてしまって……。

アンドルーが帰ってきたら、すぐに傷跡のことを打ち明けよう。アンドルーの肩の荷を少しでも軽くしてあげよう……止めてある車までやって来たときに、ゲイルはそう決心していた。

「ご主人は教会へはいらっしゃらないんですか?」

「いまは留守なんです。いつもは一緒なんですよ」と言ってゲイルは車に乗りこんだ。

「そういえば、あなたを教会でお見かけしたことはありませんね」

ロビンは顔をしかめた。「めったに来ません。今日はすることがなかったので、ちょっと顔を出したんです。何しろ、こっちへ来ると、退屈で」

「ご両親がこちらに住んでらっしゃるんですか?」

「ずっとロンドンだったんですけどね、故郷へ引きこもったわけです。母はもともとこの近くの生まれで、小さいころにパースへ移ったんです。ずっと帰ってきたいと思っていたらしいんですよ」

ゲイルはエンジンをかけた。

「釣りをしたいんですよ」と彼があわてたように言った。「あの湖《ロッホ》でやらせてもらえますね?」

「さあ、主人にききませんと、何とも……」

「ロッホでの釣りはご主人から許可が出ていると聞いていますがね」奥さんが知らないとは意外だという表情が彼の顔に浮かんだ。「お屋敷にうかがって、直接お願いしてかまいませんね?」

「ミスター・シンクレアにお会いになってみてください」

「では、午後、うかがいます」と言って彼は車の傍らを離れた。

ロビンは二時にやって来た。ゲイルに会いたいと言ったらしく、ちょうど居間でロビーにコートを着せているところへ通されてきた。ゲイルはまごついてしまった。「あら……ミスター・シンクレアにお会いになってください。あの人でないと……」ミセス・バーチャンはもう下がっていたので、ゲイルはベルを鳴らした。やって来たメイドの一人に、総支配人を呼んでくるように言った。

「お出かけですか?」ゲイルに勧められるままに椅子に腰を下ろしながら、ロビンがきいた。

「ぼくらは日曜にはお散歩するんです」ゲイルが答える間もなくロビーが言った。「いつもはダディも一緒なんだけど、今日は留守なの。一緒にお散歩しませんか?」

青年はゲイルをちらっと見てから、ロビーに言った。「いいかな、一緒に行って」

「もちろん!」今度はロビーがゲイルをちらっと見た。「もちろん、マミーがいいって言えばだけど」

「ミスター・シェルダンは釣りにいらしたのよ」と言っているところへシンクレアが入ってきた。シンクレアをロビンに引き合わせると、ロビンはさっそく、用向きを切り出した。

「マミー、手袋がないの」毛皮の飾りをつけた真っ赤なコートと帽子姿のシェーナが入ってきた。「ポケットに入れといたのに、ないの」

「ホールのテーブルにあるわ」とゲイルが言うと、シェーナは駆け出していった。

シンクレアがロビンに事務室へ来るように言ったらしく、ロビンもゲイルに笑顔を向けながら居間を出ていった。

外へ出ると、ロビンが前庭に乗り入れてある車から釣り道具を出しているところだった。

「ロッホまではかなりありますよ」とゲイルは教えた。「車に乗っていけば、すぐそばまで行けますけど?」

「歩きたいんですよ」と言って彼はちょっとためらった。「それともご一緒したら、迷惑かな……」

ゲイルもちょっとためらった。「方角が違うんです、わたしたち」

「いつもロッホのそばまで行くじゃないの」とロビーが言った。「ロッホへ行って、ミスター・シェルダンがお魚を釣るところを見ようよ」

陸《おか》釣りは許可できません、といつかアンドルーが電話口で言っていたのを思い出した。

「お魚を釣るところは見えないのよ、ロビー。釣りは舟に乗ってするんですよ」

「でも一緒に行ってもいいでしょ? ミスター・シェルダンが舟に乗るところを見たいもの」

「見たいもの」とシェーナも口をそろえて言った。

6

舟に乗りこんだロビンに手を振ってから三人はいつものようにせせらぎの方へ歩き出した。野山はすっかり新緑におおわれている。

なだらかにひろがる丘や谷、ビロードのカーペットを敷きつめたようなライ麦畑、勢いよく流れる早瀬。ごつごつした岩肌を見せている山並み、ヒースの荒れ地、そのヒースに巣を作っている雷鳥の鳴き声、つぐみのさえずり……ゲイルはことごとに耳を奪われ目を奪われていた。霜の下りた朝のしびれるような冷気も快い。そして、日差しが峰々の肌合を和らげ、谷間に小暗い陰をひろげる暖かな午後も気持よかった。深いしじまの中に星空のきらめく夜もすばらしかった。こんなしのぎいい年は珍しいんですよ、とシンクレアが言ったことがあった――いつもだと春はもっと荒れるんです。それに、冬の厳しさといったら……。

そう聞いてもゲイルは平気だった。ぴんとこなかったせいもあるだろうが、四季折々の変化に心を奪われる質《たち》だったからだ。

「マミー、しいっ。向こうの方で子ぎつねが遊んでる。ケルンのそば。わかった？」とロビーが言った。

「ええ」三人は立ち止まってじっとしていた。双眼鏡を持ってくればよかった、と思った。母ぎつねと子ぎつねたちが戯れているらしいのはわかるが、遠すぎて、はっきりとは見えない。

「空が暗くなってきたね」とロビーが言った。「雨が降ってくるよ、きっと」

ベニーグローの頂は低く垂れた雲におおわれていた。雨気が満ちている感じもした。

「もどりましょう」とゲイルはすぐ言った。ロビンはまだ湖《ロッホ》に舟を浮かべているに違いない、とふと思った。

屋敷の前庭にはミセス・デービスの車が止まっている。ミセス・デービスとモリーは小さな居間の暖炉の前でお茶を飲んでいた。三人が入っていくと、祖母と長女はぴたりと話をやめた。

雨につかまるまいとして急いで来たせいで、三人の顔は生き生きと輝いていた。ホールへ入るとロビーとシェーナがゲイルの手にわれ勝ちに手を滑りこませてきたので、三人はひとかたまりのようになって居間へ入っていったのだった。

「すみません、いつも日曜にはいらっしゃらないものとばっかり……」と小声でゲイルは言った。

「アンドルーが留守のときは別ですよ」ミセス・デービスは子供たちににっこりと笑いかけてから、ゲイルに、掌《てのひら》を返したように軽蔑《けいべつ》のまなざしを投げた。「さぞ羽を伸ばしてることでしょうね、あの人」

「電話をしていただけたら」ゲイルはシェーナのコートのボタンをはずしながら言った。「この子たちを連れて出なかったんですのに」

「おかげでおばあちゃまと久しぶりでしんみりとできたわ」とモリーが言った。モリーの底意地の悪い目には妙にせんさくするような表情が浮かんでいたが、ミセス・デービスが三十分後に帰ってから、その理由がわかった。

メイドがお茶を運んできてくれて、ゲイルは火のそばに座っていた。子供たちは手を洗いに行っていた。子供たちのおやつはいつもゲイル自身が整えるのだが、日曜は全部、メイドにまかせるようになっていた。このごろではゲイルには苦虫を噛《か》みつぶしたような顔しか見せないアンドルーだが、そういう細かな配慮をしてくれたこともあったのだ。

メイドがドアを閉めるのを待ちかねていたように、モリーが言った。「どういう人なの、あなたのボーイフレンドって?」

ゲイルは、きっとした目でモリーをみつめた。

「だから、あの人なんでしょ、花をくれたのは?」モリーはサンドイッチに手を伸ばして端をかじり始めた。ゲイルの視線などおかまいなしのように。

「何日か前に知り合ったばかりよ」

「あら、だったら手が早い人なのね、あんなふうに押しかけてくるなんて……見てたのよ、一緒に歩いていくところを」モリーはサンドイッチを少しかじった。「密会したわけなんでしょ？　ぞくぞくするわ、その言葉」モリーはじっと暖炉の火をのぞきこんだ。「わたしが結婚するとしたら、夫と知恵くらべをするためだわ。夫はわたしをがんじがらめにしようとするでしょうけど、知恵を絞ってしのぎを削るわ。気持がいいでしょうね、まんまと目を盗むのに成功したら」ゲイルはさげすみの視線を投げたが、モリーは気持よさそうに笑ってサンドイッチをぽんと皿に投げた。サンドイッチは床に落ちてしまったが、モリーは拾おうともしない。「ボーイフレンドのことはお父様には見つからないようにすることだわ。さもないと、やっぱり歴史は繰り返すのかって気持にさせてしまうわ。どんな目に遭うか、わからないわよ」

　ゲイルは、さっと立ち上がってキッチンへ急いだ。お茶を別の部屋へ運んでもらうために。

　子供たちがごちゃごちゃにしたゲームをそれぞれの箱にきちんと入れ直しているところへ、アンドルーがやって来た。

「男が訪ねてきたそうだな」アンドルーは、かっとしている様子だった。「誰だ、いったい？」

あまりの剣幕に気おされて、ゲイルは茫然《ぼうぜん》とアンドルーの顔を見上げているだけだったが、やっと、「シンクレアから聞いたんじゃありませんね？」と言った。

「モリーからで、なぜいけない！」彼は吐き出すように言った。

子供部屋の片づけをしながらゲイルは、彼の言うとおりのドレスを着なかった本当の理由を言おうと心に決めていたのだったが、もうそんな殊勝な気持は跡形もなくなってしまった。

「モリーがどんなふうに言ったか、一字一句、違えずに教えてくださいますね？」

ゲイルがよほどこわばった顔つきになっていたのだろう、アンドルーは少しためらっていたが、かんしゃくを抑えようもない様子で言った。「男と散歩に出たそうじゃないか！」

「モリーは、子供たちも一緒だったって言いましたか？」彼は不愉快そうな口元をして、うなずいた。「車がパンクしたとき、助けてくれた人なんです」

「ほう？　ずいぶん芸のない言い方だな！」

とげを含んだ言い方をされてゲイルはかっとなったが、じっとこらえた。「そのあとで、ばったり教会の外でお会いしたんです。ロッホで釣りをしていいかどうか、そのとき、きかれたんです」

「昔なじみじゃないと言うんだな？」ゲイルは黙りこんでいた。「で、当然、許可を与えたわけだね？」

「シンクレアにまかせました。そうするのがこの場合、いちばん適切と思ったからです」

ゲイルはアンドルーを、じっとにらみつけた。

「いいのかね、ゲイル、そんな口のきき方をして？」彼は妙に押し殺したような口ぶりでそう言った。彼の喉元が荒々しく動く。ゲイルは自然に伏し目になった。「シンクレアが許可を与えたわけかね、きみの友達に？」

「ミスター・シェルダンにです。それで、一緒に行ったんです。子供たちがそうしたがったんです」

「子供たちが、だって？」彼の眉がつり上がった。

ゲイルは目を上げてアンドルーを正視した。「ええ、アンドルー、子供たちが、です」

険しい目がゲイルの顔を探るように見まわした。「シンクレアに確かめてみる。その男には二度と屋敷には踏み入らせない。きみも金輪際、その男と口をきくんじゃない。わかったな？」

ゲイルの我慢もそれまでだった。「わかりっこありません、そんなこと！」とゲイルは言い返した。「モリーが勝手な想像をして、わたしとロビンのことを……」彼が顔を曇らせたので、ゲイルは、はっと気づいた。「わたしとミスター・シェルダンのことを変なふうに見るのも我慢できませんけど、そんないいかげんな憶測を元にしてあれこれ言われるのはたまりません。ミスター・シェルダンと口をきく、きかないは、わたしが決めます！　それとも、今度、わたしたちが顔を合わせるようなことがあったら、知らないふりでもしろとおっしゃるんですか？」

「まさに、そうさ。よくわかってるじゃないか！」

「ご冗談でしょう！　そんな無作法はできないわ！」

アンドルーは目をぎらぎらさせて、一歩、踏み出した。ゲイルは後ずさった。顔からは血の気が引いていて、わなわなと震えていた。彼はまた一歩、前へ出た。ゲイルの後ろは壁だった。

「冗談かどうか、そのときになって後悔したって間に合わないからな、ゲイル！」

アンドルーの顔つきは、まるで野蛮な先祖の血がいっぺんに噴き出しでもしたように、酷薄そのものだった。ゲイルは血が凍る思いだったが、何とか口答えだけはできた。「後悔するかどうかは、そのときにならなくては、わからないことだわ」

「逆らう気だな！」

「作法を欠いたことをするわけにはいきません」

「二度と口をきいてはいかん！」と彼はどなった。口の両脇《りょうわき》には深い縦じわが刻まれた。

「知らないふりをするんだ、どんなふうに出会ってでもだ！」

あまりの剣幕にゲイルの膝から力が抜けていったが、彼女は渾身《こんしん》の力を振り絞って言った。「できないわ、知らないふりなんて。何の理由もないのに、そんな……」ゲイルが口にできたのはそれだけだった。彼はゲイルの両腕を乱暴につかむと、激しく揺さぶり始めた。どうしてこんな目に遭わなくてはならないのかと思うと、ゲイルの目には涙があふれてきた。彼は突然、揺さぶるのをやめて、ゲイルのウエストに両腕を滑らせてきたが、ふとその手を止めて、まじまじと彼女の顔をのぞきこんだ。

「この傷跡」思わず口からもれてしまったように、彼は言った。「いったい、どうしてこんな……」

ゲイルはかぶりを振り続けるだけだった。とうとう来る時が来てしまった、という思いがこみ上げたが、こうしているのが自分ではないような奇妙な非現実感にもつかまっていた。「これは……この傷は……」ゲイルはアンドルーの手から身をもぎ離すと、両手に顔をうずめて、わっと泣き崩れた。

「ゲイル……」彼の声は異様に聞こえるくらい優しかった。「さあ、泣かないでくれ。悪かったよ、きみの気持を傷つけてしまって……」

いつの間にかゲイルは彼に抱き締められていて、傷跡にそっと彼の唇が触れていた。

「さあ、話してごらん。何があったんだい？」

ゲイルは目をいっぱいに見開いて彼の胸のあたりをじっとみつめながら、彼の態度の変化にどう合わせたものか戸惑っていた。しかし、とにかくいまは醜い傷跡が彼の目にさらされてしまったのだ。

「車の事故なんです」とゲイルはやっと言った。「もっと、あります。肩にも……」

「肩にもだって？　じゃあ、袖なしのドレスを着たがらなかったのは……」ゲイルはすぐにうなずいていた。「ゲイル、きみは何ておばかさんだろうね。どうして話してくれなかったんだい？」

「話したくなかったんです。意固地になっていたのかもしれませんけど、でも、あとになったら……」

「あとになったら？」彼は、じっとゲイルをみつめた。

「はじめはとにかく、知られたくない一心でした」

「どうして？」

「あなたは……劣等な人間が嫌いに違いない、そう思ったんです」

「劣等だなんて」とがめるような口調だが、さっきまでの剣幕とはずいぶん違う。「わたしが劣等な人間が嫌いだなんて、どうして思ったのかね？」

「それは……ただ、何となくです」

ほっとしたことには、彼はそれ以上は深追いせずに当惑したように首を振り続けるだけだった。

ゲイルは涙をぬぐって彼にほほえみかけた。思いやりに満ちたアンドルーの態度のせいでゲイルの心の乱れはすっかり納まっていた。

「ロビンとのことを、ちゃんと聞いていただけます？」ゲイルがそうきいたのは、アンドルーが耳を貸してくれそうだと思ったからだけではなかった。ずっとこうして、体温を感じられるくらい近くに彼にいてほしかったのだ。ついさっきはぴったりと抱き締められて、こめかみに唇を触れていた……もう一度、同じことをしてもらいたい……そういう思いで胸は締めつけられるようだった。

「うん」優しい返事が返ってきた。「さあ、長椅子に座りなさい。すっかり話してほしいよ」

すっかりといっても、さっき話したことを順序よく繰り返しただけだったが、誤解しようのない事情だと彼ははっきり悟ったらしい。話を聞き終わるとすぐ彼は言った。「すまなかった、ゲイル。言いわけをするようだけど、わたしは……」そこまで言って彼は言葉を途切らせた。暗い目つきだった。「あんなにかっとしてしまったのも、理由があったことなんだよ……言えないけどね」彼はゲイルにほほえみかけた。何と心に響く笑顔だったことか！　ゲイルの胸はあまりの幸せに、どきどきと高鳴った。

二人の間はしだいに隔てのないものになっていった。ゲイルと子供たちだけでテーブルを囲むお茶の時間にはいつもアンドルーも加わるようになったし、日曜の散歩も一緒だった。それにまったく思いがけないことだったが、アンドルーは暇を盗むようにしてゲイルと一緒に子供たちを学校へ迎えに行くのだった。夜は二人で友人たちのお招《よ》ばれに出かけるようになったし、何度か屋敷でディナーパーティも開いた。壁にタピストリーをかけた大きな食堂は、銀器やクリスタルグラスや女客たちの身につけている宝石のきらめきで、きらびやかに照り映えた。

むろん、モリーは相変わらずアンドルーの心のやすらぎを乱し続けていた。モリーとはたびたび、ひどい言い合いがあって、そんなあとではアンドルーは以前のような不機嫌このうえない様子に逆もどりするのだったが、もうゲイルに八つ当たりするのではなくて、何かとゲイルに相談を持ちかけるのだった。

「寄宿学校へ入れようかと思ってるんだよ」ある日、アンドルーは言った。

「心づもりの学校がおありなの？」

「二つほどあるんだ。ひとつはエジンバラで、もうひとつはイングランドにある。照会してみようと思ってるんだ、両方の学校に」

エジンバラの学校にはモリーの前科が伝わっている恐れがあるが、イングランドの学校ならそうした心配はなさそうだ。入学が許されればモリーは九月の新学期から屋敷を離れることになる。

モリーがいなければどんなにほっとするだろうか、とゲイルは内心顔を赤らめながらも思った。

モリーはついこの間、十六歳の誕生日を迎えたばかりだった。ゲイルは、持っていないことをあらかじめそれとなくきいて、銀のブラシとくしのセットを買い、ロビーとシェーナにも小さなプレゼントを用意させて、アンドルーに見せたのだった。

「あなたは何になさる?」むだだとは思ったが、ゲイルはそうきいてみた。

「プレゼントはしないと言ったばかりだよ」彼は気がなさそうにゲイルのプレゼントを開けてみた。ブラシとくしのセットを見て、彼は顔色を変えたが、どうしてそんなふうに顔色が変わったのかはモリーの言い草を聞いてはじめてわかった。

「たばこ入れか何かのほうがよかったわ」ぬけぬけと言ってから、モリーはもっと罰当たりなことを言ったのだった。「でも、これなら売れるわね、前のみたいに」

「前の?」

「お父様からもらったことがあるのよ、去年だったかしら。何代も家で使ってる家宝みたいなセットだ、という能書きつきでね。でも、とてもしみったれになったので、とうとう売ることになってしまったわ」

怒るよりも、かわいそうと思う気持が先に立った。人の性格や特徴は遺伝子の配列で決まる、とどこかで聞きかじったことがある。その遺伝子は当然両親からもらうわけだが、モリーにはアンドルーの性格や特徴はまったく見られない……かわいそうと思ったのは、はっきりとそう見定めたからだった。アンドルーがモリーの父親でないとしたら、打撃を受けるのはモリーのほうなのだから……。

七月になるとすぐ、モリーは、友達のところへ三週間ほど行ってくるというメモを残して姿をくらました。行く先も、お金を持っているかどうかも、さっぱりわからない。驚いたことには、アンドルーは顔をしかめるでもなく、メモをびりっと引き裂いてくずかごにほうり投げただけだった。

モリーがいなくなってから二日後に、ヘザーとロジャーを招んだらどうかとアンドルーが言い出した。ゲイルは思わず、歓声をあげた。

「ベス一家も招んでいいかしら?」と言うと、彼はすぐ賛成した。

「きみにとっては楽しい一族再会になりそうだね」アンドルーはにっこりと笑ったが、使用人たちが大変ではないだろうか、とゲイルは今度は心配顔になった。

「子供が四人も増えるのよ、いっぺんに」

「何とかやってくれるさ」と言って、彼はまたにっこりと笑うだけだった。

ヘザーもベスも招待を受けてくれて、しかも両方の家族は車を連ねてやって来た。

サイモンとマンダはもうアンドルーの子供たちと何日かを過ごしたことがあったので、四人で一散にぶらんこの方へ駆け出していったが、トーマスとマリリンは両親にへばりつくようにしてホール中にかけられている鹿の角の飾りものを驚異のまなざしで見上げていた。ゲイルはロビーを呼びもどした。

「トーマスとマリリンも、一緒に遊びたいのよ」

「おいでよ」と言うより先にロビーは駆け出していた。「ぶらんこまで競走だぞ！」

メイドたちがスーツケースを運びに来たが、自分で部屋へ案内したくてゲイルはまずベスを二階へ連れていった。子供たちの部屋は廊下をはさんで向かい合うようにしてある。

「階下《した》へ来てね」と言い置いて、今度はヘザーを部屋へ案内した。

「殿方たちはどうしてしまったのかしら？」とヘザーがいぶかしそうに言った。

「お酒をやりに行ったのよ、当然」と返事をしてからゲイルはメイドに言った。「スーツケースはそこへ置いといてくれればいいわ、ドーラ。中身を出すのはわたしが手伝いますからね」メイドは言われたとおりにして部屋を出ていった。

「相変わらずだわね」とヘザーが非難がましく言った。「アンドルーは女に見向きもしないのね」

「あら、あとでいらっしゃいってあなたとベスにはっきり言ったわ」いつもになくきっぱりとゲイルは言い返した。「二人ともわたしに話すのに夢中で、耳も貸さなかったくせに」

ヘザーは不思議そうな顔でゲイルをみつめた。「まさか、あの野蛮人を好きになってしまったんじゃないでしょうね？」

「お部屋は気に入った？」ゲイルはスーツケースのひとつを椅子にのせて、蓋《ふた》を開けた。

「話をそらす気ね？　まあ、いいわ。そうね、とびきりの部屋だわ。眺めも最高！　あの山並みもすばらしいけど、ヒースの荒野っていうのは、こういう眺めのことを言うのね！　それに、こんなに空が晴れ上がっていて！　スコットランドって雨ばかりかと思ってたわ」

「わたしもそうだったわ。でも、今年は特別なんですって。雪も少なかったそうよ。遠くの高い山に残っているだけでしょ？　それでも、一カ月前まではベニーグローにもまだ雪があったのよ」

「ベニーグローって、どの山？」

「あそこの、二つの山にはさまれたようになっている、あの山。霧が峰っていう意味なんですって」

「霧も出てないわね。すばらしいお天気が続くっていうことでしょ？　招んでもらえて、ほんとによかったわ」

「断られるんじゃないかって気をもんでたの」

「今度は別よ、お姉様がいるんですもの」ヘザーは部屋を見まわした。「こんなお金持と結婚したんですもの、少しぐらいのことは我慢しなくてはね……」と言ってからヘザーは黙っているゲイルの顔をじろじろと見た。「モリーは？　手紙では、いつも当たりさわりのない返事が返ってくるだけだけれど……会ってみたいわ、とっても」

「いないの。お友達のところへ行ってるのよ。こっちのスーツケースは開けましょうか?」

ヘザーはうなずいた。「また、家出?」

ゲイルは肩をすくめた。「木曜はバーベキューをするつもりなの。お天気がもってくれるといいわ」

ヘザーはちらっとゲイルを見た。「モリーがいないから、招んでくれたのね?」

「アンドルーが言ってくれたの」ゲイルはそう言っただけだったが、ヘザーは、ふっとほほえんだ。

「モリーは手に負えない? はっきり言って、一緒に暮らすのはいや?」

「衝突のしどおし」ゲイルも素直に言った。「意見が合わないっていうよりも、通用しないの」

「お手上げ、っていうことね?」

ゲイルは妹のドレスを出して衣裳戸棚にかけた。「こんなこと言いたくはないけど、いい子になってはもらえそうもないのよ」

「ちゃんとした結婚相手でも見つからないかしら」

ゲイルはため息をついた。「ちゃんとした若い人だと、あの人を敬遠するわね」

ヘザーは別のスーツケースを開け始めた。「おちびちゃんたちは、どう? あの子たちはとても素直みたいだけど、わたしが見た限りでは」

「すてきよ、あの子たちは」ゲイルの目はきらきら輝いた。「あの子たちはかわいくてたまらないし、二人からもなつかれてるから、いまは幸せなの」

「望んでいたとおりになったのね、あの子たちのことでは。よかったわね」ゲイルの顔に無意識のうちにかげりでも浮かんだのだろうか、ヘザーがふっときいた。「アンドルーのことね？」ゲイルは答えなかった。「好きになってしまったのね？」

ゲイルの頬は、ぱっと染まった。「そうなの。気がついてみたら、いつの間にか、気持がやすらぐどころではなくなっていたの」

「計算外なことになってしまったわけね？」

ゲイルは眉をひそめた。「そんなふうには思いたくないけど……」

「だって、まさかあの人もあなたに夢中っていうわけじゃないんでしょ？　あの人は情しなのよ。女を心から愛するなんて、できない人なのよ」

ヘザーの言い方が思い入れたっぷりのように聞こえたので、ゲイルは笑った。「あの人の姿を勝手に作り上げているみたいだわ。そうは思わない？」

「だって、いやみなくらい横柄な人だったのよ、いつでも……いつでもと言っても、何度か会っただけだけど」招んでくれた人の悪口を言っている、と気づいたのか、そうヘザーは言い直した。「とにかく家ではわたしたちにほとんど口もきかなかったことは、お姉様だって知ってるはずよ」

ゲイルは引き出しを開けてヘザーの下着類をしまいこんだ。「でも、わたしには口をきいたわ。結婚を申し込んだわけですもの」ゲイルはちらっとヘザーを見上げた。ゲイルの目には笑みが浮かんでいた。「冗談じゃなくてね、ヘザー、そんな人じゃないのよ。とっても苦しい目に遭い続けだったの。そのせいで気むずかしくなっているとしても、あの人を責められないはずよ。とても包容力があってものわかりのいい人と暮らしている感じなの。とても情の深い人だと思うし……」そう言っているうちにゲイルの顔は曇っていった。

「たわいのない夢を見ているっていうこともあるかもしれないけど……」

「もう、たくさんでしょう」ヘザーはかんを立てたようだった。「男の人に傷つけられるのは！」

「アンドルーはこのごろ、とっても思いやりがあるの。でも、モリーが悶着《もんちやく》を起こすのよ。モリーのことでかんかんになると、あの人はまわりに当たるのよ」引き出しを閉めて、ゲイルは立ち上がった。「時間が解決してくれると思うわ。まだ結婚して半年もたっていないんだし、どの道、わたしは迷ってるわけではないんだし……もともと、男と女とのことは抜きにして、とアンドルーに念を押された結婚なのよ。わたしはわたしで、無理をしてるんじゃなくて、そういう結婚が望みだったのよ」

「そんなの自然じゃないわ。お姉様だって当たり前なんだし……それにアンドルーみたいな人が何もしないでいられるなんて、おかしいわ。よく出かけるんでしょ、アンドルーは？」とヘザーが突然、きいた。「もちろん、行き先も言わずに、よ」

「付き合ってる女の人なんて、いないわ！」

「あら、気を悪くさせちゃった？　そうじゃないの、付き合ってる女とかいうことじゃなくて……もっと別な場所のことだったのよ、わたしが言いたかったのは」

ヘザーが話題を変えて家族の話を始めた。ゲイルはほっとしたし、聞きたかった話でもあった。

ベスのほうの近況報告もすぐ聞けた。居間にはみんなが集まっていた。アンドルーはベスの話に耳を傾けながらゲイルの顔を面白そうに見守っていて、目が合うたびに、ふっとほほえみかける。身内を自分自身の家でもてなしていると思うと、幸せな気持にひたひたと包まれる感じだった。やがてロビーたちが、まるで産みの母に言うみたいに、マミー、マミーと言いながら駆けこんできたとき、ゲイルの胸はえも言えぬ幸福感にうずいた。

「マミー、おなかがぺこぺこだよ！」とロビーがあえぎながら言った。

「わたしだってよ、マミー！」シェーナも息を切らしながら言った。

「おなかがすいてしまったの、みんな」トーマスが年かさらしく言った。やはりせわしい息づかいで。「サンドイッチを食べたいんだけど、ゲイルおばちゃま」

「お茶の支度ができてるはずだよ」とアンドルーが言って、ベルボタンを押した。ドーラがすぐ来て、お支度は五分でできますと応じた。

大人六人はひとつのテーブル、子供たちは別のテーブルに着いてお茶が始まった。じつに騒々しかったが、誰一人、気になどしなかった。アンドルーは、よき夫、よき父、という感じで、気心の知れた人たちと屈託なくくつろいでいる様子だった。もちろん、生まれつきの威厳は少しも崩れない。

「わたしは大好きよ、彼!」ベスがアンドルーに聞かれないようにささやいた。「いったいどうしてヘザーは、ひどい人だなんて言うのかしら?」

「よく知らないからよ、ヘザーは」

「わからないわ、あんな人にあなたが夢中にならないなんて」

「夢中よ。もっとスコーンを取りましょうか?」

「夢中ですって! だけど、ゲイル……」

「バターはそっちよ。お茶はお代わりする?」

「あの人のほうはどうなの? あなたのことを愛してくれるようになる?」

「たぶんね……星まわりがいいの、いまのわたしは」

「でも、愛してくれないっていうこともあるんじゃない?」ベスは案じ顔で言った。

「子供たちがいるわ、わたしには」とゲイルは言ったが、声には力がなかった。本当に子供たちがいるだけで満足だろうか、という疑問がいまさらのようにゲイルの胸にこみ上げていた。

「アンドルーは知ってるの、何もかも?」お茶を注ぐゲイルにベスはためらいがちにきいた。

「事故に遭ったことは話したわ。生えぎわの傷跡を見られてしまって、きかれたの。だから、自動車事故でとは言ったの。それだけよ、知ってるのは」ふと別の思いが浮かんで、ゲイルは、ぎょっとしてしまった。アンドルーは愛してくれるようになるかもしれない、もっと子供がほしくて。子供が目的ではないとしても、わたしが子を産めない体とわかってしまったら……ゲイルはそんな思いを振り払うようにしてロジャーに話しかけた。やがてテーブル中によもやま話の花が咲いた。

うれしいことに、みんなが滞在している間中、アンドルーは仕事を休んでずっと付き合ってくれるように決めたらしい。付き合ってくれるということもだが、とにかくモリーのことや仕事で張り詰めていた心身を休めてもらえる、と思ってゲイルはほっと胸をなで下ろした。

お天気続きだったので、ずっと戸外で過ごした。暑いと言っていいほどの日も四、五日続き、その間、ゲイル以外のみんなは水着姿になってプールサイドの芝生ではしゃぎまわったり甲羅《こうら》干しをしたりした。

また、ヒースの生える荒れ地や谷間に分け入って、眺めを楽しんだり野生の生きものたちを見守ったりした。珍しい動物に出会うと、どうしても子供たちが静かにしていられないので、だいぶ残念な思いはしたのだけれど。

のろじかがみんなを興奮させた。だが、首尾よく近づけた、と思うと必ず子供たちが声をあげて逃げられてしまう。かもしかみたいに勢いよくはねながら逃げる姿も見ものだが、せっかくの美しい姿はすぐ視界から消えてしまう。

アンドルーは子供たちに質問攻めにされた。アンドルー自身興味のあることだったから、面倒くさがらずに、いちいち丹念に答える。

猛禽類《もうきん》のひなは、大きないぬわしから比較的小さなはいたかやこのりに至るまで、そろそろ巣立つ時期だが、もちろんまだ自分で餌《えさ》をあされない。もし子供たちが静かにしていてくれれば、親鳥から餌をもらっている姿を見ることができる、とアンドルーは言った。

もっともこの辺で見られるのは、のすりやちょうげんぼうやはやぶさで、わしが餌をもらっているところは無理だ。わしの巣は断崖《だんがい》絶壁の上にあるから、険しいところをよじのぼらなくては近づけない……。

「アンドルーおじちゃまは見たことある?」とマリリンがきいた。マリリンはアンドルーが大好きになったらしく、いつもまつわりつくようにしていた。質問もマリリンの声がいちばん多かった。

「見たとも。ひなたちに餌をあげていたよ」

「すごいところをのぼったのね?」

「そうだよ。ずいぶん前のことだけどね」

「危険なことなんでしょ?」とサイモンがきいた。「ぼくたち、のぼれるかな」

「それほどでもないけど、いまのきみたちには無理だよ。だいいち、巣がどこにあるかわからないとね」

「メレディスなら知ってるよ」とロビーが言った。「ひとつの巣をずっと観察していたって言ってたもの。卵が二つあって、二つとも孵《かえ》ったんだって。だけど、一羽はすぐ死んでしまったんだって」

「たった二つなの、卵は?」とトーマスがきいた。「ずいぶん少ないんだな」

「たったひとつのこともあるんだよ」とアンドルーが言った。

シェーナと手をつないでちょっと前を小走りに駆けていたマンダが振り返った。「どうして、死んじゃったの?」

「弱い鳥だったんだよ。ロビー、メレディスは生まれて何週間て言ってた?」

「六週間だって」

「そうだろうと思ったよ。それまでは母鳥に公平に餌をもらうんだけどね、六週間たつと母鳥は持ってきた餌を巣に置くだけになるんだ。ひなたちに自分たちだけで餌の奪い合いをさせるわけさ。だから弱いひながいると、いつも強いほうに餌をひとり占めされてしまうんだよ」

「自然淘汰《とうた》だな」とロジャーが言った。

「まさにそうだよ」

「何なの、しぜんとうたって?」とシェーナがきいた。アンドルーはからからと笑ってシェーナの髪をくしゃくしゃにした。

シェーナがまた繰り返してきくと、アンドルーはやっと、「大きくなったらわかるよ、シェーナ」と言った。そしてすぐ、「ほら、あそこ」と指をさした。「わしだ。あそこの断崖の上だ」

みんなはいっせいに立ち止まっていぬわしの気品に満ちた飛翔に嘆声をあげた。断崖の上を舞っていたわしは翼を閉じぎみにして、さっと一直線に谷に下りてゆき、また思いきり翼をひろげると、気流に乗って広々とした谷いっぱいを滑るように飛び、威風堂々と翼をあおって断崖の上に舞い上がっていった。

「あの断崖の上に巣があるんだね、ダディ」とロビーが言った。

「そうらしいな、ロビー。ほら、あそこへ下りた」

わしの姿が見えなくなったのでみんなはまた谷上の道を歩き出した。

「それにしても、すごい大きさだ!」とハーベイが興奮さめやらぬ声で言った。「あんなのに襲われたら、ひとたまりもない」

「人間は襲わないでしょ」とベスが言った。「それとも襲うの、ゲイル?」

ゲイルには答えられなかった。アンドルーが代わりに返事をした。「巣に近づきすぎればやられないこともないけど、その場合は襲うというよりは、はばたきで脅すわけだ。うちの猟番がそうやられたことがあったんだけど、わしは体には触れもしなかったそうなんだ」

「本当に子羊をさらうのかな」

「それは本当さ。成長しきったきつねだって、さらう。子ぎつねの残骸《ざんがい》はよく巣の外で見つかる」

「子ぎつねならともかく、成長しきった動物をさらうなんて考えられないわ」とゲイルが言った。「歯向かわないのかしら……」

「抵抗はするだろうけどね」アンドルーはゲイルを振り返った。「わしのかぎ爪を見たことがある?」

「いいえ。近づいて見ることなんて、とてもできないわ」思ってみるだけでゲイルはぞっとした。

「子羊をわしにさらわれるのはいいんだよ、ダディは」とロビーが言った。「そうだね、ダディ?」

「とんでもないよ。いったいどうしてそんなことを思いついたんだい?」

「だって、わしは撃たないじゃないの。メレディスだって撃たないよ。きつねのことはあんなに腹を立てて退治するじゃないの」

「それはわしは撃たないけどね、だからといって、子羊がさらわれていいと思っているわけじゃない」

「他の生きものを殺さなくては生きられないのね」とベスが憂うつそうに言った。

「厳しい自然の中で暮らしてみることだね」とアンドルーが言った。「逃れられない運命みたいなものだということが、よくわかるようになる。わたしもときどき、きつねたちをかわいそうだと思うことがあるんだよ。腹をすかせている子ぎつねたちを巣穴に抱えているからこそ、母ぎつねは必死に餌をあさるわけだからね」

思いもかけなかった言葉を耳にして、ゲイルはじっと彼をみつめた。彼はゲイルにほほえみかけた。その目つきは、そうだよ、ゲイル、わたしは情なしなんかじゃないよ、と言っているようだった。熱っぽい幸福感と安心感で胸がいっぱいになり、ゲイルの口元は自然にほころんだのだった。

7

二家族が帰ってしまう前の日に、シェーナのために誕生パーティをすることになった。誕生日は三日後だったが、せっかくいとこたちがいるんだから繰り上げたら、とアンドルーが言い出したのだ。だが姉妹三人が準備におおわらわになったのを見て、言い出した当のアンドルーはかえっていぶかしそうだった。キッチンの女中たちやメイドたちにまかせておけばいいじゃないか、と思うらしかった。

「母親って自分の手でしたいんですよ。心尽くし、ということね」もちろんゲイルはそんなおこがましいことが言えるはずはない。そう言ったのはヘザーだったが、そんなヘザーの代弁を聞いたアンドルーの目には熱っぽい色が動いた。

アンドルーはゲイルの耳元へ身をかがめて、ささやいた。「よかったよ、きみと結婚して」

ゲイルは思わずびくっとして、頬を赤らめた。「アンドルー、うれしいわ」やっとそう言えただけだった。アンドルーがこんなに優しいことを言ってくれたり、むつまじそうな様子をしてくれたりするのは、ベスとヘザーが目を皿のようにしているせいだ……ちらっとそう思ったのは、ただのひがみだったろうか。

「旦那《だんな》様たちにも出席あそばしていただけるんでしょうね？」ちょうどやって来た夫に、ベスが言った。

「それがね……」ハーベイは逃げる算段をしていた。

「あら、ちょっと顔を出すだけで、あとは三人で静かにお酒を酌《く》み交わそうなんて、冗談にも思ってないでしょうね」図星でしょう、という目つきでベスは夫とアンドルーの顔を見くらべるようにして笑った。たぶんアンドルーはベスをへこますようなことを何か言うに違いない、とゲイルは覚悟していたが、驚いたことに彼はからからと笑っただけだった。その笑い声に力を得たようにベスは言った。「飾りつけをしている間、子供たちの相手をしていてくださるわね？　お茶の時間になるまで、子供たちにお部屋をのぞかせたくないのよ」

「そんなことまで押しつけるなよ」ハーベイが言った。「子供をみるのは男の仕事じゃないよ」

「つくるときはちゃんと手伝ってくれたじゃありませんか。何ですかいまさら」

ベスの猛烈な応酬に、アンドルーはまた、からからと笑った。「まあしかたがないから手伝うとしようや」アンドルーは気軽に言った。

シェーナとロビーの友達を十二人も招《よ》んだので、大きいほうの食堂を使うことになった。昼食の時間までに飾りつけをすませて、テーブルのセットは昼食後にすることにした。色テープや風船や飾り電灯や花をふんだんに使って三人がかりでせっせと働いたおかげで、とてもすてきな飾りつけができた。

お昼の時間には真っ先にロビーとシェーナがアンドルーと一緒に現れた。

「手を洗わなくちゃ」と言って二人はホールの奥の洗面所へ駆けていった。

「お部屋を見たがったら、どうしましょう……いけないと言ってあるから、なおさら見たがるんじゃないかしら」ヘザーが心配そうにアンドルーの顔を見て、それからゲイルの顔に目を移した。

「部屋に飾りつけがしてあるなんて、あの子たちは思ってもいないよ」とアンドルーが言った。ちょっとつらそうな声だった。「こんなふうにしてもらうのは、はじめてなんだよ」

「はじめてですって?」ヘザーは思わずそう言ったが、気のきかないことを言ってしまったと思ったのか、すぐ言い添えた。「では、うれしい不意打ちになりますね?」

「本当に、そうだよ」アンドルーは感謝のこもった視線を三人姉妹の一人一人に向けた。

いままでの誕生パーティは、余分に働きたがらない代々の乳母たちの手でお座なりにやられていただけだった。当然、テーブルには、ぱさぱさのハムサンドやケーキやキッチンの女中に命じて作らせたちょっとした料理が並ぶだけ……そんな話を聞いただけに三人はいっそう腕によりをかけた。三人とも子供のパーティはお手のものなのだ。

飾りつけの終わったテーブルはじつににぎやかだった。それぞれの席に配ってある小さなケーキは工夫を凝らしてきれいに作ってあるし、ビスケットは動物の形にしてある。サンドイッチもいろいろなものをはさんだだけではなくて、子供の好きそうな形に抜いて、ちょっと焙《あぶ》って焦げ目をつけたものが、きれいに盛りつけられている。ゼリーがちらちら光を上げている。大きなトライフルもあるし、もちろんバースデーケーキもある。シェーナ、と名前を入れて六本の赤いろうそくが並んでいた。

「どうかしら?」とヘザーが言った。「シェーナもロビーもこうしてもらうのがはじめてなら、まず二人を呼んで、このきれいなところをたっぷり見せてあげない? きっと大喜びよ」

「わたしが呼んでくるわ」とベスが応じた。

アンドルーも一緒にやって来た。ゲイルは真っ先に、戸口に立ったアンドルーに目をやった。彼の喉元が激しい感動を抑えかねたように動いた。ごくり、という音が聞こえたように思ったくらいだった。

「マミー!」シェーナがゲイルの手をぎゅっと握って、歓声をあげた。「きれいだわ! こんなすてきなの、はじめて!」シェーナとロビーはしばらくうっとりと部屋中を見まわしていたが、やがてシェーナが父親に言った。「ダディ、すてきね?」

「そうだね、シェーナ」アンドルーはそれだけを言うのがやっとの様子だったが、やがていかにもいとおしそうに娘を見下ろして、「おばちゃまたちやマミーにこんなにしていただいたお礼を言いなさい」と言った。

シェーナのかわいらしいお礼に三人はにっこりと笑顔を返したが、すぐヘザーがゲイルを肘で小突いてロビーの様子を見るように目配せをした。もちろんロビーもきれいな飾りつけに目を見張っていたのだが、いまはよだれのこぼれそうな顔をして、じっとテーブルをみつめている。

「ぼくのときもこんなふうにしてくれるんでしょ？」大人たちの視線に気づいたロビーがそう言った。

「もちろんよ、ロビー」とゲイルが答えるのを追いかけるようにしてアンドルーが言い添えた。

「おばちゃまたちに手伝いに来てもらうように、頼まなくてはな、ロビー？」アンドルーはそれからベスとヘザーに言った。「ロビーの誕生日はクリスマスイブなんだけれどね」

彼の口ぶりは明らかに招待だった。二人ともにっこりした。胸が締めつけられてしまって、ゲイルはベスとヘザーの顔から目をそらした。涙を抑えるのがやっとだった。

「もう、みんなを入れてもいいだろうね？」とアンドルーがきいた。

ヘザーがうなずいた。「どうぞ、すっかり支度は整っています」と言ってからヘザーは気の毒そうに言い添えた。「しばらくは騒々しいですけど、我慢していただけるわね？」

「我慢どころか、かえって楽しいですよ」とアンドルーは儀礼的にでなく答えた。

大騒ぎは二時間ほど続いたろうか、やがて親たちが次々と子供を迎えに来た。

ベッドに入ったシェーナはくたびれきっていたが幸せそうだった。ゲイルの首にかじりつくようにしてシェーナは言った。「大好きよ、わたしのマミー。とてもとても、大好きよ」

「わたしもあなたのこと、大好き」ゲイルの声はかすれた。「おやすみなさい、ダーリン」

ゲイルは目をきらきらさせながら、居間へ下りた。ベスとヘザーは長椅子で伸びていた。

「パーティが終わったときにはいつも言うのよ、もうパーティはこりごりって」ヘザーは笑いながら、アンドルーから渡されたグラスをいかにもうれしそうに受け取った。「精も根も尽き果てたわ」

「大奮闘だったからな」アンドルーの目はいつになくなく和んでいた。「今日のパーティのことをシェーナは一生、忘れないはずだよ」

「殿方たちのご協力も大変なものでしたわ」とベスが、にやっとしながら言った。「今日の成功は、チームワークのたまものですわ」

「そう言ってもらって、やっとほっとしたよ」ハーベイがやはりにやっとしながら応じた。

「ひがみ始めていたところなんだよ、われわれ三人の犠牲の大きさを認めてもらえないのかと思ってね」

みんなは翌日の朝早く発《た》ったが、発ちぎわにアンドルーが今度は雷鳥猟に来てくれるように誘った。ハーベイは残念そうに断った。勤めの都合も考えてだが、射撃は得意ではなかったからだ。ロジャーは一も二もなく受けた。学校を休んでもいいと言われたサイモンとマンダは飛びはねて喜んだ。

しおれてしまったトーマスとマリリンに目をやりながら、アンドルーは言った。「クリスマスには来てもらえるね？」

ハーベイはうなずいた。「楽しみにしてるよ」

二家族はそれぞれの車に乗りこんで去っていった。ゲイルとアンドルーと二人の子供たちは前庭に立って、二台の車が並木道を下りて公道へ消えるまでずっと手を振っていた。

「ミセス・デービスがずっといらっしゃらなかったなんて、おかしいと思いません？」昼食後のくつろぎの時間、話のついでにゲイルはきいた。

「電話をして、来ないように頼んだんだよ」とアンドルーは答えただけだったが、ミセス・デービスのご入来でせっかくの楽しい雰囲気が台なしにされないようにと、心づかいをしてくれたのだということはちゃんとわかった。

アンドルーはさっそく仕事にかかった。あんなに楽しかったのに、何だか一度に空気が抜けてしまったようながっくりした感じだった。

「何もしたくないよ」ロビーがため息まじりに言った。「みんな、もっといてくれればいいのにな」

「ピクニックはだめ?」シェーナが期待に満ちた目でゲイルを見上げた。

「明日ね、ダーリン」

「どうして今日じゃいけないの?」

「おばあちゃまがいらっしゃるのよ、今日は。朝、電話があったの」シェーナもロビーも口をとがらした。「来ていただけるのはうれしいはずですよ。だったら、そんな顔はしないのよ」

「だって」ロビーは暖炉の前に敷いてあるじゅうたんの端をけとばした。「嫌いなんだもん!」

「わたしも大嫌い」シェーナの目がきらきらと光った。「ピクニックに連れていってくれないなら、おばあちゃまには会わない」

「いらっしゃるのがわかっていて出かけてしまうなんて、無作法ですよ。そうでしょ?」

「マミーはどうなの、来てほしいの?」ロビーがじっとゲイルをみつめた。

「わたしにじゃなくて、あなたたちに会いにいらっしゃるのよ」と逃げて、ゲイルは話をそらした。「明日は車で遠くまでドライブして、森の中でお弁当を食べましょうよ。どう、いいでしょ?」

ロビーもシェーナも目を輝やかしたが、一時間後にミセス・デービスが現れると、また口をとがらした。ゲイルが冷たいものでもと言うのをはねつけるようにしてミセス・デービスは切り口上に言った。

「孫を連れに来ただけですよ。おじいちゃまがもう我慢できないんですよ、会いたくて会いたくて」

「ぼくはちっとも……」とロビーが言い出した。

「さあ、早く手を洗ってらっしゃい」ゲイルはあわててさえぎった。「シェーナ、いらっしゃい、手伝ってあげるわ。ロビー、ぐずぐずしないのよ！」

やがて着替えもすませて子供たちを連れもどったが、むっつりとした子供たちの顔を見てミセス・デービスは言った。「いままでこんなことはありませんでしたよ、アンドルーに言っておかなくてはね」

「二週間もお友達と一緒で、今朝、帰っていったばかりなんです。そのせいですわ、きっと」

「知ってますよ」ミセス・デービスはさげすむような目をちらっとゲイルに投げた。「きっとあなたと縁続きの方たちに会わせるのが恥ずかしくて、わたしを来させないようにしたのね？」

ゲイルの目はきらっと光った。「アンドルーはわたしの縁続きを見下したりはしていませんわ」

「だとしたら人が変わったのね。あの人はみんなを見下していた人ですからね」

「夫のことや家族のことをあなたと話していたくありませんの」とゲイルはそっけなく言った。「子供たちの支度はすっかりできています。どうぞ、お連れになってください」

あいにくなことに、おなかの虫が納まりきっていないときにひょっこりとモリーが帰ってきた。だらしのない格好をした若い男が車で送ってきたのだが、その男は運転席に座ったまま、モリーがスーツケースを降ろすのを見ているだけだった。男の車はすぐ轟音《ごうおん》をあげて走り去っていった。

モリーはふらふらした足取りで居間へ入ってきた。またお酒を飲んで、と思うとゲイルは許せない気持だった。

「あら、そこにいたの」モリーは何となくヒステリックな笑い声をあげた。「みんなはどこ？　お酒をちょうだい、すぐ」

「まあ！　とんでもないわ、そんなに飲んでいるくせに！」ゲイルはぴしっと言った。「それに、あなたの世話係じゃありませんよ、わたしは」

モリーはふらふらっと椅子へ向かった。「おかんむりなのね。夫婦げんかでもしたの、ミセス・マクニール？」モリーは大儀そうに額に手をやった。

「コーヒーをブラックで飲むことだわ」ゲイルは温かみのない声で言った。「ベルを押してあげましょうか？　そのくらいなら、してあげるわ」

「コーヒーなんて何よ！　ブランディにして！」

「わたしがここにいる限りブランディは無理ね」

「だったら出ていって、お願い。ブランディが飲みたいのよ！」モリーはサイドボードのボトルを取りに椅子を立とうとした。ゲイルはとっさにモリーを椅子に押しもどしていた。

「コーヒー以外はだめよ」ゲイルはブランディのボトルを飾り棚の中に入れて、鍵《かぎ》を閉め、鍵をポケットに滑らせた。「ベッドに入るのがいちばんのようね。眠って酔いをさましてから……」戸口にアンドルーの姿が現れたのを見て、ゲイルはとっさに差し出がましい口をきいてしまっていると思って、ぱっと頬を染めた。いつもと違って気持が高ぶっていることも何となく気がさした。

「どうかしたのか？」アンドルーはモリーにじっと目を注ぎながら部屋へ入ってきた。気づかわしそうな目つきだった。「具合が悪そうだな、モリー」

ゲイルはどきっとした。

「いいはず、ないわ」モリーはじろっとゲイルを見た。「この人がブランディをしまってしまったのよ」

「具合が悪かったの？」ゲイルはぞっとした。モリーは心臓の上に手を当てている。「わたし、そんなこととは……」

「ブランディはどうした?」彼はサイドボードをちらりと見た。

ゲイルはポケットから鍵を出した。「気がつかなかったんです。飲ませないに限ると思ってしまって……どのくらい、注ぎます?」

彼はモリーの脈を取っていた。「少しでいい。すぐ医者に電話だ」

ゲイルは彼にグラスを手渡した。アンドルーはじつに気づかわしそうに眉をひそめている。「そんなに……悪いんですか? すぐブランディをあげていたら……こんなふうには……」

「いまさら何を言っても始まらない」彼はモリーの血の気のない唇にグラスをあてがった。うまく飲み下せないとみえてモリーは咳《せ》きこんだ。「医者に電話をしてくれと言ったはずだよ」

「あっ!」と言ってゲイルは一目散に駆け出した。

医者が帰っていってから、アンドルーは改めてゲイルにきいた。「いったいどうして、ブランディをしまいこんだのかね?」

「わたし……わたし、モリーが……」ゲイルはまだ混乱しきっていた。

「とっくに酔っぱらっていると思ったわけだね?」アンドルーがあとを続けた。

「ちゃんと確かめることぐらいしなくてはいけなかったんです。先生のおっしゃったとおりだと思いますか、モリーの容態は?」

「別に誇張だとは思わないね。薬でだめだったら、手術しかないだろうよ」

ゲイルは目を伏せた。「本当に、ひどいことをしてしまったわ。椅子に押しもどすようなこともしてしまったんです、それも、ずいぶん邪険に……ああ、アンドルー、まさか、わたしのせいで余計に悪くなったわけじゃないでしょうね」

二人は窓ぎわに立って、外を眺めていた。アンドルーはゲイルの方へ顔を向けて、ふっとほほえみかけた。

「ゲイル、大事な人」彼の声は優しかった。「そんなふうに自分を責めてはいけないよ」

ゲイルが何を言う間もなく彼の手が伸びてきて、ゲイルは顔を上げさせられ、唇にそっとキスされていた。

アンドルーは唇を離すと、みるみる赤くなってゆくゲイルの顔をいとしげにみつめた。ゲイルの目は束《つか》の間きらきら輝いたが、すぐまた暗くかげった。

「わたしたち、あの子のことも思いやってやらなくてはいけないわね、アンドルー」とゲイルはつぶやいた。アンドルーは大きくうなずいた。

「そうさ、ゲイル、優しくしてやらないとね」

だがいくら優しくしても、モリーの心はまるで鉄で鎧《よろ》っているように無感動だった。病気で気が弱っているはずなのに、そんな気配さえ見せない。

モリーは二週間ベッドで安静にしていて、やっと起きられるようになった。手術をせずにすんだことでゲイルは胸をなで下ろしたが、もちろん医者からは無理をしてはいけない、と厳重に注意されていた。もう家出まがいの外出などできないとわかって、モリーはむっつりと座りこみ、生きる値打ちがないと口癖のように言うようになった。

モリーを家まで送ってきた青年からは電話ひとつない。アンドルーは何とかその青年のことを聞き出そうとしたが、モリーはただ、「どうということのない人よ、その他大勢の一人よ」と言うだけだった。

「友達は大勢いる様子なのに、モリーの様子を問い合わせる電話もかかってこない」とアンドルーがつぶやいたことがある。「今度こそモリーも連中がどんな人間か悟っただろう」

そんなある日、ロビンがまた釣りの許可をもらいに現れた。ゲイルはとっさに、モリーのいい話し相手、と思って二人を引き合わせた。

ロビンが帰るとさっそく、モリーはあざけり顔で言った。「わたしを出しに使わないでほしいわね。ロビンはあなたのボーイフレンドなのよ。何を考えてるか知らないけど、わたしはお父様がだまされないようにちゃんと見張ってますからね」

ゲイルはあっけにとられて、まじまじとモリーの顔をみつめていた。「何てことを言うの、モリー！　あなたの気がまぎれるかと思って引き合わせたんじゃないの！」

「ほんとにすご腕だわ！」モリーの目には、ぎらりとよこしまな色が光った。「でも、いくらうまくやってもだめですよ、ミセス・マクニール。お父様はもうこりごりしてるんだし、女のあの手この手を知り抜いてるわ。お母様とほんとにそっくりだわ、そういう虫も殺さないような顔つきは！」ゲイルはいとわしくて口もきけないでいた。モリーはかさにかかったように言った。「とにかくあなたを見るロビンの目つきで、何もかもばれてしまってるのよ」

「ロビンの目つきですって？」思い当たることがあると言えばあるような、あいまいな記憶しかない。「勝手なことを言わないで」たしなめることはたしなめたが、何となく弱々しい声しか出なかった。

モリーは気持よさそうに笑って、長椅子に寝そべった。「あら、お父様が本気で疑ぐり出したら、そんなふうにおびえてみせるだけじゃすまないわ。とにかくまずいわよ、ボーイフレンドを家へ引きこむなんて。いくらでも外で会えるじゃないの。学校へ送り迎えするときを利用するだけでいいじゃないの！」

「少しも変わってないのね、あなたって」ゲイルは吐き捨てるように言った。

「変わる必要があって？」

「病気をしたせいで少しはまともになってくれたと思っていたのよ。どんなに害のあることをしていたか、悟ってもらえると思っていたんですよ」

「害のあることって、どんな？」

「よく自慢そうに言ってたような、夜明かしのパーティとか、お酒やたばこのことです。

害があるから体まで壊したんじゃありませんか」

「こんなの、壊したうちに入らないわ」

「とんでもないわ、モリー。まだ大事を取らなくてはいけないのはあなたも承知してるはずよ」

「もう何ともないわ。それに、わたしはそろそろみんなと会うわ。昨日、お友達に電話したら、一緒に来ないかって誘われたのよ」

ゲイルはびっくりして、アンドルーには言ってあるのかときいた。モリーは首を振った。

「じゃあ、わたしから知らせるわ。とにかく、まだ安静にしているように先生から言われてるのよ」

モリーはぎらりと目を光らせて、クッションから頭を上げた。「高くつくわよ、告げ口なんかしたら」

ゲイルは眉をひそめた。「どういうこと?」

「ロビンを今日、家に引きこんだって言うわ」

「引きこみはしません。ロビンをあなたに引き合わせた理由をちゃんと説明すれば、信じてもらえますよ」ゲイルは一気にそう言ったが、どうしてか口の中はからからに乾いてしまった。

「何を言おうと、事実には勝てないわ。お父様はとにかく、女というのは不実なものだって肝に銘じているのよ。そう思っているからって、誰もお父様を非難できないわ」モリーは笑いながら言い添えた。「はじめはお母様。それから、わたし。その次は……」モリーは恥ずかしげもなく、ひときわ高い笑い声をあげた。少女の顔に浮かんでいる邪悪そのもののような表情をこれ以上見ていられなくて、ゲイルは急いで居間を出た。

8

ゲイルの告げ口を聞くとアンドルーは顔色を変え、足音も荒く居間へ向かった。居間のドアはいつになく大きな音をあげて閉まった。

ゲイルは子供部屋へ上がって、子供たちのおもちゃや本の整理を始めた。胸がどきどきと鳴って、手は止まりがちになる。

やがて階段を二段ずつ上がってくる足音が聞こえた。アンドルーは恐ろしく険しい顔つきで子供部屋に入ってくるなり、噛《か》みつくように言った。「本当なのか、ロビンを家に入れたというのは？」

「はい、アンドルー」ゲイルはたまたま持っていたロビーの本を、無意識のうちに盾のように構えていた。「モリーの相手に、と思ったんです」

彼の口元がゆがんだ。「モリーの相手だって？　そんな言いわけを信じると思っているのかね？」

ゲイルはむらむらっとした。「いったい何がいけないとおっしゃるの、アンドルー？」

「二度と口をきくな、と言ってあるはずだ！」

「きいたことに返事をしてください。口をきくなとおっしゃっても、湖《ロッホ》で釣りをすることはちゃんと許可なさってるじゃありませんか」

「知りたいもんだね、あの男が来た本当の理由を」

「ちゃんと言いました」この前も子供部屋でだった、とゲイルは思い出していた。子供たちのものでいっぱいの居心地のいい部屋でこんな醜い言い合いをしていたくない、階下にいるのだった……と思ったがいまさらどうしようもない。

「この前のときも、あの子たちを口実にしたんだ！」

「口実だなんて」ゲイルの唇はわなわなと震えた。「そんなものは隠しごとをするときに使うものです」

「隠しごとはしてない、とでも言うのかね？」

「してっこないわ！」ゲイルは、かっとなった。「何ていうことをおっしゃるの？　よくもわたしをそんなふうに同じレベルに下げて、あなたの……あの……」前の奥さん並みに扱いますね、とは面と向かって言えなかった。ゲイルは気持を抑えるようにして続けた。「モリーの性質はごぞんじのはずですわ。モリーがわたしを恨んで当てこすりを言ったのだと、どうして思っていただけないんです？」

彼の顔が青ざめた。「どうして、モリーはきみに恨みを持たなくてはいけないんだね？」

彼の声はいくぶんは和らいだようだったが、目は相変わらず険しい。

「いちいち説明しなくてはならないほど、あなたは鈍感ではないはずよ！」また、かっとしてしまって、もっと言い募ろうとしたが、彼の目がぎらりと光ったのを見てゲイルはこの前のことを思い出した。これ以上、こんな言い方を続けていたら、また乱暴な目に遭わされてしまう……。

「楯突《たてつ》かないように前にも言ってあるはずだ。ちゃんと覚えてるかね？」ゲイルは急にしゅんとなってしまい、ロビーの机の上を片づけ始めた。「あの男のことは、はっきりさせてもらう。二度とこの家には足を踏み入れさせない。いいね？」

「あなたがそうまでおっしゃるなら、おっしゃるとおりにします」彼は思いがけない素直な態度に面くらった様子だった。「でも、さっききいたことにまだお返事をいただいてません。何がいけないとおっしゃるんですか？」ゲイルはそう言って彼の目をじっと見上げた。どういうわけか彼の腹立ちは急に引いたようだったが、口元にはまだ厳しさが残っていた。

「いまのところはどうということはないけれど、いずれは、ということがあるだろう。わたしは、以前のてつを踏まないと決めたんだ。今度は、妻には誰にも後ろ指をさされないようにきちんと振る舞ってもらう……そういうことをしっかりと頭に刻んでおいてもらわないと、不愉快な思いで毎日を送らなくてはならなくなる」前にも聞いたことのある脅し文句を残して彼は出ていった。

この前は二人の言い合いは優しいキスで終わり、ゲイルの胸は幸せな気持で高鳴ったのだった……そんなことを思い出しながらゲイルは目にいっぱい涙をためて座りこんでしまった。ゲイルの思いは千々に乱れたが、バレエ教室へ子供たちを迎えに行かなくては、と気づいて階下へ駆け出した。

「代わりに迎えに行こうと思っていたんだ」ゲイルの涙顔を見ても、いっこうに気持がほぐれないらしく、彼はぶっきらぼうに言った。「さあ、遅くなるぞ」

優しさのない言い方を耳にしてゲイルの唇はわなないたが、何も言わずにアンドルーの脇《わき》をすり抜けるようにして車へ向かった。

美しい眺めに目がいかなかったのは、はじめてのことだった。ゲイルは一途《いちず》に、名ばかりの妻という身の不幸を思っていた。

この前のいさかいのときのあの優しさのこもったキス、あれはいったい何だったのだろうか。あのことをわたしは二人の愛の始まりと思っていたのに、アンドルーにとってはたぶん、ただのエピソードにすぎない……そう思うとまた涙がこみ上げた。

楽観ももうおしまい。アンドルーはわたしを愛してなどいないのだ、とゲイルは思い知らされた。が、いまの問題はそんなことではない、アンドルーの故のない疑いや根深い苦渋をどうかしなくてはならないということなのだ……と気づいて、やっと涙は納まった。

「マミー」車に入りながらシェーナがきいた。「サイモンとマンダが来るまで、何日なの？」

「たったの三日よ。すぐだわ」

「すぐね！　いつまでもいるんでしょ？」

「一週間はいると思うわ」

「すごい！　でも明日、来てくれるといいな」

ロビーはじっとゲイルの顔をみつめていたが、年不相応な心配そうな声で言った。「泣いたんだね、マミー？」

「あら、この目は……」とゲイルは言いかけたが、嘘《うそ》はやめようと思った。「ちょっと苦しかったの」

「もう治ったの？」ロビーはバックシートから身を乗り出してゲイルの頬にじっと頬を押しつけた。「いやだよ、ぼく、マミーが苦しんじゃ」

「そうね、ダーリン。もう大丈夫よ」

そのことはとっくに忘れてしまったと思ったのに、屋敷へ入るとロビーはすぐさまアンドルーに言った。

「マミーは泣いたんだよ、苦しくて！」アンドルーがゲイルにちらっと冷淡な視線を投げただけなのを見て、ロビーは顔をしかめた。「心配してあげないの、ダディは？」

「治ったって言ったはずよ」ゲイルはあわてた。

「うん。だけど病気かもしれないでしょ？　そうじゃなければ苦しくならないもの。ダディが……」

「マミーは治ったって言ってるんだ、ロビー、いいかげんにしなさい！」とアンドルーは荒い声をあげた。

いつになくとがった声に、信じられないという目つきでロビーはじっと父親の顔を見上げた。アンドルーはゲイルをじろっとにらんで行ってしまい、お茶の時間はゲイルと子供たちの三人きりだった。ここしばらくないことだった。

アンドルーはモリーからお金を取りあげて、昼間はミセス・バーチャンに見張らせ、夜はメイドの一人をモリーの部屋に寝かせた。かんしゃくでも起こして発作が起きたら今度こそ病院行きだ、とモリーは引導を渡されてしまったらしい。

「みんなあなたのせいだわ！」モリーは目に怒りをみなぎらせてゲイルに言った。「つけ口なんかするからよ！　大嫌い！」

「あなたによかれと思ってしたことですよ」興奮させないように気を配ってゲイルは穏やかな口調で言った。「あなたは安静にしていなくてはいけないのよ。お友達と一緒だったら絶対に休まらないわ」

「仕返しはしたわよ！」

「そうね、モリー。大嘘をついてね」

「本当も本当のことだわ！　お父様は猛烈に怒ったでしょ？　ここを出ていったときのすさまじさといったらなかったわ」

この根性曲がりを思う存分やっつけられたらどんなにすっきりするかしら、と思いながらゲイルは大きなため息をついた。「余計なひびが入ったことは確かですよ。良心がないの、あなたには？　少しは自分を恥ずかしいと思うでしょう？」

「まさか」モリーは慎みのない笑い声をあげた。「良心なんて、お呼びじゃないわ」モリーは、からかうような目でじっとゲイルをみつめた。「沈んだ顔つきをしてるわけね、こっぴどくとっちめられたってことなのね！　お父様がやっとあなたの本性を見抜いてくれて、ほっとしたわ。年をとったせいで、だまされやすくなったのかと思っていたのよ」

「以前より幸せになっていらしたところなんですよ」とゲイルは穏やかな声を崩さずに言った。「それなのに、あなたが台なしにしてしまったんです」

「幸せですって？　妙なことを言うわね」

「ちっとも妙なことはありませんよ」

「しょってますこと、ミセス・マクニール。子守りのくせに、よく言うわ。お父様が幸せな結婚生活を送るためには、奥さんを愛してるってことが条件だわ。子守りが手に入ったくらいで何が幸せかしらね」モリーはそっとクッションに背をあずけて、しばらくの間ゲイルをじっとみつめていた。口元にはずっと冷笑が浮かんでいる。「いつまで待ってもむだだっていうことぐらい、わからないの？　お父様はあなたには参らないわよ。だから、いいかげんにあきらめて、しっぽを巻くことだわね」

ゲイルは冷静さを失わなかった。「そろそろお薬の時間ね、いまお水を持ってきますよ」と言ってゲイルは立ち上がった。

もどってくると、モリーは手足をだらんとさせて、せわしそうに息をしている。唇は紫色だった。

ゲイルは震え上がってしまった。アンドルーはどこかしら、ととっさに思ったが、一時間ほど前に見かけただけだった。「お薬を飲んで」ゲイルはモリーの頭をそっと上げさせた。

しばらくするとモリーはだいぶ楽そうになった。

「まだ痛むの？」とゲイルはきいた。

「当たり前でしょ！」

「ミセス・バーチャンを呼ぶわ。一緒にあなたをベッドへ……」

「いやよ、ベッドなんて。もう二週間も縛りつけられてたのよ」

「どうした？」アンドルーの姿が戸口に現れた。「発作？」と彼はゲイルにきいた。ゲイルはうなずいた。「ひどかったのかね？」

「ひどくないに決まってるわ」とモリーが言った。「わたしのことを追い払おうとしてるだけよ、この人が。ベッドへは行かないわ」

「わかった」ぴしっとアンドルーが言った。「ゲイル、ミセス・バーチャンを呼びなさい」

二人が抗議を無視してモリーをベッドへ運んでいる間に、アンドルーは医者に電話をした。

駆けつけた医者が帰りぎわにアンドルーと交わしている会話が、階段を下りていくゲイルの耳に入った。「また二週間、絶対安静ということにしましょう。その結果を見て決めよう」

「すぐ手術をしたほうがいいんじゃないかね？」

「率直に言わせていただくけどね、アンドルー、不摂生のせいでモリーの体はがたがたと言ってもいいくらいなんだよ。手術を受けられるような状態じゃないんだ、いまのあの子は」

アンドルーの顔はぞっとするほどこわばっていた。ちょうど階段を下りきったゲイルの方を彼はぼんやりとみつめた。一瞬、そんな彼を慰めてあげたいという気持がこみ上げたが、彼はそのまま医者と連れ立ってドアへ向かってしまった。ゲイルはキッチンへ行って子供たちのお茶の支度に取りかかった。

モリーには昼の間、看護婦が付き、夜は相変わらずメイドの一人が部屋に泊まりこんだ。赤の他人とひとつ部屋に寝るのはたまらない、とモリーは訴えたが、アンドルーは取り合わなかった。

アンドルーとの溝は埋まらないままだったが、せめて狩猟客やゲイルの妹一家がいる間は表面を取りつくろっていよう、というのが彼の気持ちらしい。好天が続いて、男たち――アンドルーとロジャーと何人かの友人たちは、毎日、猟に出かけていったし、ディナーの席も獲物の話で持ちきりだった。

そういう彼らをつくづくと眺めながらゲイルは、いったい何が面白くて身を守る術《すべ》も罪もない鳥を殺すのか、いぶかしい思いが募るばかりだった。きつねを撃つ理由は得心できたが、雷鳥は誰に害を与えるわけもない。

「ゲイルは狩猟が嫌いなんだよ」食事がいっこうに進まないゲイルの様子をちらっと見て、アンドルーが言った。「話題を変えようか」

ゲイルは感謝のこもった視線をアンドルーに投げたが、彼の目はとっくにそらされていた。

そんなことのあった翌日、招待客のひとりのイアンが、今日はわしのせいでさんざんな成果だったという耳寄りな話をしてくれた。勢子《せこ》――動物をおびき出す人夫――たちに追い出されて、雷鳥たちが待ち構えているハンターたちの方へ駆り立てられてきたとき、わしが上空を旋回し出したのだった。普通いまの季節には雷鳥の動きはすばやくないのだが、天敵が現れては別らしく、パニック状態になった鳥たちはいっせいに飛び立ち、追い風に乗ってあっという間に姿をくらましたらしい。

「よかったわ！」招待客たちの目の前だということも忘れて、ゲイルは思わずそう言ってしまった。

アンドルーが息まいた。「食糧に限りがあるから、あまり殖えないように数を抑える必要があるということはとっくに説明してあるはずだ」

「それにね」とロジャーがアンドルーの加勢をした。「われわれは装填《そうてん》係を連れてないんだ」

「あら、どんな違いがあります？」姉以上に猟嫌いのヘザーが言った。

「一度撃ってから弾をこめる間に、鳥にも逃げるチャンスがあるっていうことさ」

「慈悲深くていらっしゃること！」とヘザーはいやみを言った。「弁護した気でしょうけどね、ロジャー、逆効果だわ」ヘザーは挑むようにアンドルーに視線を移したが、アンドルーの目にはうんざりしたようなあなどりの色が浮かんでいるだけだった。

「ラウンジに移りませんか、皆さん？」ゲイルはあわてて言った。「あちらでコーヒーにしましょう」

「あの人、少しも変わってないわ！」ゲイルと並んで長椅子に座ったヘザーが吐き出すように言った。男たちは猟の話に夢中で、二人がいることさえ忘れているようだった。「この間は、すっかりだまされていたわ。やっぱりあの人は女嫌いなのよ、ゲイル。あんな人と、よくやっていけるわね。わたしの亭主だったら、とっくにぴしゃんとやってるわ！」

ゲイルは思わず笑ってしまった。「あなたのお世話になるまでもないわ」

「まさか！」ぴしゃっとやったりはしないでしょ、という思い入れでヘザーは探るようにゲイルをみつめた。「でも、とっくに衝突はしてるのね？」

「衝突っていうんじゃないの」とゲイルは返事をしたが、心配でたまらないようなヘザーの気持をないがしろにできなくて、ロビンとのことであらぬ疑いをかけられてしまった話をした。

ひととおり話し終わってからゲイルは言った。「でもアンドルーを責められないわ、ヘザー。アンドルーはさんざん苦しめられてきたんですもの、わたしが男の人と話をしたというだけで神経を立てるのは当然なのよ。わたしも言われたときは腹を立ててしまったけど、いまは悪かったと思うだけ。わたしがむきになってさえいなかったら、あの人ももっと度量の広いところを見せてくれたのよ」

「まさか、気おされたままおじけづいているほうがいい、なんて言うんじゃないでしょうね？」

ゲイルは首を振った。気心が知れているはずの妹なのに、こちらの真意が伝わりそうもないのがもどかしかった。「おじけづくっていうこととは違うの。アンドルーは自分の妻のことで二度と後ろ指をさされたくないのよ。わたしがかっとなってしまったせいで、あの人も気を立ててしまって、それで……」みじめな気持になってゲイルは肩をすくめた。

「それで、いまは気持が通い合ってるとはとても言えない状態なの」

「目に見えてよそよそしいっていう感じはしてないのよね」ヘザーはアンドルーの方をじっと見た。「お姉様への態度がちょっと違っているな、とは思ってたんだけど……彼としてはうまく取りつくろってるのね、きっと」ゲイルは何も言わなかった。ヘザーはためらいがちに、きいた。「そんなふうでも、あの人のこと、愛していられるの？」

ゲイルは思いがけないことをきかれた気持だった。「まさか、わたしがあの人に愛想をつかしているなんて思ってるわけじゃないでしょ？」

「何て人かしらね、お姉様って」ヘザーがふっとつぶやいた。「そうやってぼんやり待ってるだけ」

「待ってるって、何のこと？」

「誰か代わりのすてきな女性が現れるのをだわ。彼は、誰でもいいのよ……そうでしょ？」

「そうなったら、ロビーとシェーナはどうなるの？」とゲイルはヘザーの顔をのぞきこんだが、ヘザーの返事はない。だが、ヘザーがどんなふうに思っているかは読めた。ロビーとシェーナはその代わりの誰かの子になる……ゲイルはぞっとした。「あの子たちはわたしでなくてはいけないわ、ヘザー。わたしだってあの子たちがいなくてはいけないわ。どうしようもない運命の糸で結ばれているのよ、あの子たちとわたしは。仮に時間がもどったとしても、やっぱりわたしはアンドルーと結婚するわ！」そのアンドルーの目がじっとゲイルに注がれたのに気づいて、ゲイルは、ぱっと頬を染めた。

それからしばらくして、寝室に向かおうとしていたゲイルはホールでアンドルーに引き止められた。

「わたしの話をするのも結構だけれど、せめてわたしのいないところでするくらいの礼儀はわきまえてほしいものだな」彼の冷たい声は、氷のようにゲイルの胸に突き刺さった。

美しい目はみるみる恨めしげにかげった。「どんなことを話したかお知りになったら、アンドルー、そんな意地悪なことは言えないはずですよ」アンドルーが気勢をそがれて二の句が継げないでいるのを尻目に、ゲイルは階段を上がっていった。

ゲイルとヘザーがピクニックのお弁当を用意している間、子供たちは辛抱していられずにキッチンへやって来た。

「まだなの？」とサイモンが催促した。「そんなにいらないよ、食べるものは」

サンドイッチを切っていたヘザーはサイモンを押しやった。「邪魔よ、出ていきなさい！　じゃないと連れていきませんよ！」

「ヘザー、子供たちがじれったがるのも無理ないわ」とゲイルは言った。

「甘すぎるわよ、お姉様は」戸口にかたまっている子供たちをヘザーは追い立てた。「出ていきなさいって言ったでしょ。何をぐずぐずしてるの！」子供たちはすごすごと出ていった。こんなふうなあしらわれ方はシェーナとロビーにははじめての体験に違いない、と思いゲイルは思わず笑ってしまった。

しばらくしてゲイルは言った。「あとはやってもらえるわね？　モリーのところへ行ってきたいの」

「いいわよ。魔法瓶はいくつになるの？」

「二つよ。レモネードが作ってあるの」

モリーはむっつりとしてベッドに起き上がっていた。椅子に座って新聞を読んでいた看護婦に会釈をして、ゲイルはベッドに腰を下ろした。

「今日はとても具合がよさそうね？」

「とてもいいわ」モリーは看護婦をにらみつけて言った。「起きたいわ！」看護婦は目を伏せて、また新聞を読み始めた。

「二週間の安静って先生は言ってらしたわよ。自分のためなのよ」とゲイルは優しく言った。「じっとしてらっしゃい、しばらく」

「自分のことは自分でわかるわ！　お父様は？」

「そろそろ起きてみえるわ」

「いいわね、みんな自由で！　叫びたいくらいよ」

ゲイルはため息をついた。「本を読んだらどう？　持ってきてあげましょうか？」

モリーはせせら笑いを浮かべてゲイルを見た。「あなたが持ってくる本なんて、ぞっとしない本に決まってるわ」モリーはちょっと黙っていてから声をひそめた。「たばこがのみたいの。あの人が階下へコーヒーを飲みに行ってる間、いいでしょ？」

ゲイルは首を振った。「だめよ、モリー、先生の言いつけどおりにしなくてはいけないわ」

「そんなことを言うのは、わたしのことを思ってくれるからじゃないでしょ？　お父様に何か言われるのが怖いからでしょ？」ゲイルは何も言わずにいた。「どこへ行くの、ピクニックは？」

「まだ決まってないのよ。道路へ出てから決めることになるわね」

「ちびたち四人とよく退屈しないで一日をつぶせるわね。くだらないわ、まったく」

もっといるつもりだったが、ゲイルはいたたまれなかった。だが逃げるように部屋を出てドアを閉めたとたんに、何となく気がとがめてしまった。

「わたし、とっても心が狭くて自分勝手な気がするの」とゲイルはヘザーに言った。「もっと自分を殺してモリーの相手をしなくてはいけないんじゃないかしら……」

「あら、天使みたいによくやってると思うわ」ヘザーは魔法瓶にレモネードを詰めながら言った。「わたしは二度、顔を見せただけだけど、あの子とちょっと話しただけで、げっとして逃げ出したくなったわ。思いやりが通じない子ね。あの子についてのいろんな噂《うわさ》は全部ほんとって気がするわ」

「あの子はどうなってしまうのかしら……」ゲイルはひとり言のように言った。

「どうして、そんなに心配するの？」

「だってとてもいやなことだわ、ヘザー。あの子のこれからが台なしになるかもしれないのに、身近にいるわたしが何の役にも立たないのよ」

ヘザーはことさら大きなため息をついた。「しばらくの間はそんなことは頭から追い払って、羽を伸ばしましょうよ。さあ、出発、出発」

ロジャーの車をヘザーが運転して、キリークランキー方向へ向かい、すぐタンメル湖沿いの道に入った。湖岸からゆるやかなカーブを描いて広々とひろがっている丘には針葉樹が高々と生い茂っていて、ときには道も暗くなるほどだった。

湖尻に来るとマンダが言った。「ここで降ろして。森で遊びたいわ」

「もう降りるの？」ヘザーがあきれたように言った。

「遊びたいの」

るわね」

「そうね。ここは場所もいいし、とにかく子供たちのエネルギーを発散させてしまうに限るわね」

「どうする、ゲイル？」

四人の子供たちが大はしゃぎをしている間、ゲイルとヘザーはコーヒーカップを手にして湖岸に腰を下ろしていた。しばらくの間、黙って景色を眺めていたヘザーが、ぽつんと言った。「お姉様はこの魔法にかかったのね」

「そうね、魔法にかかったのね、きっと」と応じてゲイルはうっとりとあたりを見まわした。広々とひろがるなだらかな丘。その後ろにそびえる山々から注ぎこむ清らかな水で、あくまでも澄んでいる湖。緑したたる湖岸からは変わった形の岬がいくつも突き出している。微妙な色合いがとりわけ心の奥までしみこむ感じだった。さまざまな色調の紫と青、自然の巧みとしか言いようのないとりどりの緑……。

「冬もとてもすばらしいでしょうね」とヘザーが言った。「クリスマスに来るときには雪だといいわ」

「降るわよ、きっと」ここの冬は厳しいとシンクレアには言われていたが、きっと壮大な眺めに違いない。ゲイルも待ちどおしかった。いくら吹雪が吹き荒れ、氷霧が丘々を包みこむとしても、必ずからりと晴れ渡る日もある。このあたりがどんな眺めになるか予想もつかないけれど、ゲイルは恐れるどころかかえって楽しみだった。凛冽《りんれつ》の気、という言葉も感じもゲイルは大好きだった。

「アンドルーはよく連れ出してくれるの？」とヘザーがきいた。

ゲイルはかぶりを振った。「暇がないの」

「アンドルーみたいな身分の人なら、暇ぐらい作れるでしょ？」とヘザーはいぶかしそうに言った。「代わりに仕事をしてくれる人だってずいぶん雇ってるんでしょ？」

確かに人手は十分だった。作男が七人、森番が二人、猟番が二人。それに大工と石工と、もちろん総支配人のシンクレアもいる。

「働くのが好きなのよ」と言ってからゲイルは話を変えて、南のテイ湖へ行くか谷沿いにラノッホ湖へ行くか、きいた。

「この道をずっと行ってみない？　もっとすばらしいところがあるわ、きっと」ヘザーは子供たちを呼んだ。

「そうしましょう」いつか子供たちを学校へ送ってからこの道を通ってラノッホ湖まで行ったことがあった。「湖でお弁当にしましょう」

しだいに山だけの眺めになった。南側にひときわ優美なシーハロン山が見え始めた。

「棒砂糖《シュガーローフ》みたいだろう？」とロビーがサイモンたちに言った。「真っ白なのは雪みたいだけど、違うんだよ」

針葉樹の茂った丘の斜面をしばらく走って谷の開けたところへ出ると、童話にでも出てきそうなキンロッホ・ラノッホ村が見えた。村が見えなくなるとたんに、奇岩怪石が重畳《ちょうじょう》する荒々しい眺めに変わった。谷は深く険しくなり、切り立った崖《がけ》を通り抜ける感じの場所が何カ所もあった。

だが湖岸沿いの道に入って何キロか走ると、あたりはまたなだらかになった。丘がゆるやかなカーブを描いてそのまま湖に下りているところへ出た。対岸も同じようななだらかな丘だった。

「向こう岸まで行くんでしょ?」ロビーが身を乗り出すようにしてゲイルに言った。「マミー、ブラック・ウッドへ行くんでしょ?」

「黒い森ですって?」とマンダが言った。「ぞっとする感じ!」

「ぞっとするとも! そうだね、マミー? 黒い木がびっしり生えてるから、中は真っ暗なんだ。お化けが出るんだぞ!」

「お化けですって!」マンダは震えてしまったようだった。「行かないわ、わたしは!」

「お化けなんて出ないわよ、マンダ」ゲイルは笑った。「ロビーはからかっただけよ」

「なあんだ、そうなの、ロビー?」サイモンはがっかりしたようだった。

「うん」ロビーはゲイルの顔をうかがうようにしていたずらっぽく笑った。「でもお化けは出ないけど、気味が悪いとこだよ。そうだね、マミー?」

「そうね、気味は悪いわね。どう、みんな行ってみたい?」とゲイルはきいた。

「男は行きたくて女は行きたくない、だな」とロビーが言った。「それに男は年上だから、選ぶ権利があるんだ」

「あら」とヘザーが口を出した。「どうして権利があるの?」

「決まりきってることさ」とサイモンが言った。

「決めるなら、投票に限るわ」

「そうよ、そうよ」シェーナが真剣な声を出した。「おばちゃまとマミーは女だから、わたしたちのほうが多いわ」

「そんなこと、あるかい!」

きりがなさそうなのでゲイルは言った。「わたしは男の子たちのほうにつくわ」

「だったらこうしましょう」とヘザーが笑いながら言った。「こちら岸でお弁当をすませてから向こう岸へ行きましょう」

もみの木がびっしりと生い茂っているせいで日差しの通らないブラック・ウッドは、おどろおどろしい昔のカレドニアの森そのままの感じで、いまにも狼《おおかみ》が出てきそうだった。ロビーとサイモンは狼の声をまねしながら女の子二人を追いかけまわした。

ゲイルとヘザーも入ってひとしきり隠れんぼをしてから、車へもどって帰り道についた。

「とてもすてきだったよ!」帰り着くなり、さっそくロビーはアンドルーに言った。「ダディも一緒に来ればよかったのに。すっごくよかったよ」

アンドルーはゲイルと目を合わせて笑顔を作ったが、居合わせたヘザーやロジャーや何人かの招待客に見せる作り笑いだということは、すぐにわかった。

「ブラック・ウッドへ行ったんだ」と得意そうに言いながらサイモンは汚れきったハンカチをポケットから出した。さび釘《くぎ》とあめとくしゃくしゃになった写真が何枚か、一緒にこぼれ出した。

「サイモン！」ヘザーが大声をあげた。「いいんですよ、そんなぞうきんみたいなハンカチを披露しなくたって！」

みんな笑った。アンドルーはかがみこんで写真を拾ったが、ふと走らせた彼の視線が、じっと動かなくなった。

「どこで見つけたの、この写真？」ヘザーがアンドルーの手元をみつめながらサイモンにきいた。

「この間整理してたとき、よく写ってないって言って捨てたじゃないの。ゲイルおばちゃまとおばちゃまのボーイフレンドがみんなよく撮れてないって。覚えてないの？」サイモンは大きな音をたてて鼻をかんでから、ハンカチをポケットにもどした。「くずかごから拾ったのさ、もったいなくて」

アンドルーは他の写真にもざっと目を通してからヘザーに手渡して、ゲイルの顔をちらっと見た。ゲイルの顔には血がのぼっていた。

翌日、二人きりになるのを待ちかねたようにしてアンドルーが切り出した。

「誰だね、一緒に甲羅《こう ら》干しをしてたあの男は？」

「あの人は……わたしのフィアンセだった人です」ゲイルの両手はぶるぶる震えるほど力を入れて握り合わされていた。アンドルーの眉間には深い縦じわが寄っている。

「婚約していたなんて一度も言ったことがないな」

「そういう打ち明け話をする暇がほとんどなかったじゃありませんか」

アンドルーの目は刺すようだった。「もちろん、きみのほうから婚約を解消したんだろうね？」

「いいえ。マイケルのほうからです」

「ほう？」彼の眉がつり上がった。「それはまた、どうして？」

子供のできない体になってしまったからだと正直に答えようかと思ったが、この人はわたしを愛してくれていない、という思いが先に立ってしまった。愛されているのなら、打ち明けただろうが……。

「理由は、わたし一人でしまっておきます」自分でもわからないうちに、そんなぶざまな言い方をしていた。そのぶざまさをうとましがるような色がアンドルーの目に浮かんだ。相手のほうにまっとうな理由があったと思っていることがわかる目の色であった。

「どのくらいの間、婚約は続いたのかな？」

「ほぼ一年です」

「きみが言っていた事故は、あのスナップのあとなんだろうね?」

「ええ。二カ月後です」

「別の男と一緒のスナップもあったよ。あれはどうなんだろうな」アンドルーの声は、とがっていた。

事故のあとで付き合った人たちとの写真もアンドルーは見たに違いない。その別の男のことで婚約が破棄された、と思ったのかもしれない……。

そう気づくとゲイルは、かっとなった。「あなたとお会いする前に何をしていようと、あなたに何か言われる筋合いはありません!　わたしだってあなたの過去はせんさくしないんですから、わたしの過去をせんさくするのはよしてください!」

9

そういう大見得を切ったからといって、強くなれるわけもなかった。妹夫婦の家族が帰っていく車を見送りながら、ゲイルの胸は恐怖感で押しひしがれていた。アンドルーに悪《あ》しざまに言われるかもしれないという恐怖ではなくて、もうアンドルーには見向きもされないのではないか、という恐怖……。

この前、みんなを見送ったときとは何という変わりようだろう。あのころは大真面目に、彼からも愛してもらえるようになると信じていたのだった。星まわりがいいのよ、とベスにも言ったほどだ。

だがありがたいことに、ゲイルにはシェーナとロビーがいた。数週間が過ぎるころには、子供たちと愛し愛されるだけでいいというあきらめの気持になっていった。そしてそう思うにつれて心のやすらぎがもどり、自然の美しさに気持が動くようにもなっていた。ちょうど季節が移り始めて、秋の色が日一日と、高い山々から丘の麓《ふもと》へと下りてきていた。丘々がしだいに色づくにつれて谷間のなかなかまどの紅色は冴《さ》えていく。あふれるような金色や黄色や褐色に装いを変えてゆく眺めの中で、ヒースだけは相変わらずの紫色のままだったが。

子鹿たちが母鹿にまといつくようにしてはねまわる時期でもあった。数週間前までは雌鹿たちはさかりの時期だったので、子鹿たちはほうっておかれていたのだった。

「わからないことがあるの」ある日、ゲイルはシンクレアにきいた。「さかりの時期は、のろじかは八月で赤鹿は十月でしょ？　それなのに、どちらの子も六月に生まれるのね？」

「のろじかの子は五月に生まれることもありますけど、確かにほとんど六月に生まれます」とシンクレアは言った。「一種の遅延作用が働くんですよ、のろじかには」

「遅延作用って、どういうことです？」

「正確には、遅延移植って言うらしいですよ。交尾してもすぐ発生が始まらないで、十二月になってはじめて卵割が始まるんです」シンクレアはほほえみを浮かべて考え深そうに首を振った。「造化の妙ですよ、ミセス・マクニール。スコットランドの高地では六月に子を産むのが鹿たちにとってはいちばん安全なんです。だから六月に生まれるように自然の力が働くんです。妙としか言いようがないでしょう？」

「何て不思議なことかしら」とつぶやくようにゲイルは言った。「本当に、造化の妙ね」

子鹿たちは九月中、ゲイルの目を楽しませてくれたが、その楽しみも〝極めつきの猟〟

とみんなが言っている赤鹿狩りが始まったことで台なしになってしまった。

もちろん、鹿がやたらに殖え続けたらかえって鹿全体が生き延びられない、とシンクレアにも言われて鹿狩りの必要性は認めないわけにはいかなかった。撃たれるのは老いたり病んだりした雄鹿で、それも撃たれる側の身になって一発で仕留めるようにしている、とシンクレアは説明してくれた。アンドルーもいつか話してくれたことだが、シンクレアの話し方はもっと根気よく説得的だった。

一発で仕留められない場合もあることはシンクレアも認めたが、その場合は、手負いの鹿にとどめを刺すまでは鹿狩りは中断する決まりができているということだった。「手負いが出るととどめを刺すまでは、みんな気持が落ち着かなくなりましてね」とシンクレアは言った。「ですから、腕ききの撃ち手にしか撃たせないことになっているんですよ」

その鹿狩りが北スコットランドにある地所で始まったのに、アンドルーは出かけていかなかった。どうして行かないのかゲイルはついききそびれていたが、ある日モリーの話で疑問は解けた。

「猟に行ったら、その隙《すき》にわたしが家出すると思ってるのよ。大嫌いだわ！　いつもだと九月中には出かけるのに。わたしを見張るために大好きな猟もあきらめるなんて、思ってもいなかったわ」だいぶよくなったモリーは部屋を歩きまわっている。「でも逃げ出してやるわよ、わたし！　お金もちゃんと手に入れてみせるわ。いくらわたしを見張ったって、隙は必ず見つけ出してやるから！」

「あなたはまだ病人なのよ、モリー、それに……」

「治ったわ、もう！　自分のことぐらい自分でわかるわ。こんなところで辛気くさくしてたら、また病気になってしまうわ。おかしくなっちゃうわ！」

そんなふうな会話が何度、繰り返されたろうか。いつ爆発するかわからないような危険なモリーを屋敷に抱えながら、ゲイルはなおさら子供たちに打ちこみ、アンドルーはことさら仕事に精を出した。モリーは妹や弟にもほとんど口をきかないし、食事もめったに一緒にしなかった。

ロビンにはあれ以来、会っていなかった。おそらくアンドルーから湖《ロッホ》で釣りをすることも断られたのだろう、屋敷へ来た気配もなかった。

だが村の住人ではなくても両親がこちらに家を構えているのだから、いずれは顔を合わすときが……とゲイルは不安だった。不安が影を呼んだのだろうか、ある日曜の早朝、村のパン屋から出てきたところで、顔を合わせてしまった。ロビンはまるで渡りに船という感じで、目の前のゲイルの車を見て、乗せてくれないかと言った。とっさに断りの口実が見つからず、ゲイルはしぶしぶ彼を車に乗せた。

ロビンはゲイルにたばこを差し出したが、ゲイルは首を振って、すぐ車を出した。

「いったい何があったの？　ご主人から、ロッホで釣りをすることも屋敷へ来ることもまかりならん、と申し渡されてしまったんだ。ぼくが何をしたっていうんです？　モリーには仕事の話をしただけだし、あと思い当たることはボートを借りてるってことぐらいだけど、別に壊してもいない」ゲイルは黙ったままでいた。「ご主人はすっかりぼくに腹を立てている様子なんですよ。ぼくだってばかじゃないから、そのくらいはわかる」

「どうして主人にきかなかったんです、そのときに？」親しげな話になるのをゲイルは避けたかった。

「冗談じゃない！」ロビンは眉をつり上げた。「とてもそんなことをきける感じじゃなかったですよ、ご主人は。あなたならごぞんじと思ったんだがな。いったい何をしました、ぼくが？」

率直に打ち明けたほうがいいかもしれないと思い、ゲイルはモリーが言いつけ口をした話をした。てっきりロビンがいきり立つと思っていたのに、彼は話を聞き終わると、あっさりと言った。

「まさにそうだよ、ゲイル、モリーの言ったことは当たってる。あなたを見るぼくの目つきは……」

「やめて、ロビン……」ゲイルはあわてた。

「あなたが正直に言ってくれたから、ぼくも正直に言うんだ」ロビンはかまわずに続けた。「お屋敷に子守りがいつかないので、ご主人は奥さんをもらうことにした。もっぱら子供たちのことを思って……村ではそう取りざたされてるんです」実際にはもっと口さがない言い方で噂《うわさ》されているに違いない、と思うとゲイルはいたたまれない気持だった。「本当のことなんでしょ?」ゲイルは口を閉ざしていた。「きくまでもないな。ご主人があなたを愛してないことは一目瞭然《りょうぜん》だ。愛なんていうこととは無縁の人だろうからな、あの人は。あなたがかわいそうだ」

車は人気のない脇道《わきみち》にさしかかった。ゲイルはとっさに車をそちらに乗り入れ、端に寄せて止めた。

「ロビン」ゲイルは彼の方に向き直った。「こんな話ができるほどお付き合いがあるわけではないんですよ、わたしたちは。厳密に言ったら、まだ何時間かしか顔を合わせていたことがないんですから」

「それがどうしたっていうの!」彼はゲイルの手を取ろうとしたが、ゲイルは急いで手をハンドルにあずけた。「ぼくがロッホに行くわけをいったい何だと思ってるんです? あなたに会うのが目的なんだ、言うまでもないと思うけど。知ってるくせにいつもぼくを避けてるじゃありませんか」

ゲイルはちらっと車の外に目を配った。誰かに見られはしまいかと心配でならない。

「あなたと口をきいてはいけない、とアンドルーから言われてますし、いまみたいなことを言われては、わたしも主人の言いつけに従わないわけにはいきません。主人の顔に泥を塗りたくはありませんから」

「二度と口をきいてもらえないっていうの？」信じられない、という顔つきでロビンはまじまじとゲイルをみつめた。「領主の奥方というのは、誰とでも親しくしなくてはいけないんじゃないかな。領主様自身、村の大黒柱なんだし、みんな、ご主人を頼りにしてるんだ」

「そういうこととは違いますよ」ゲイルは穏やかに言った。「わたしは夫のいる身なんですよ、ロビン。それに噂はどうあれ、わたしはいまの暮らしに何の不足もないんです」

沈黙が続いた。ティルト峡谷へ注ぐ早瀬の音が急に耳につき始めた。

「ぼくのことを……怒ってるんだな」じっと前をみつめながらロビンが言った。

「そんな言い方をしていいなんて、わたしが気振りにでも思わせました？　とにかく、わたしはいまの暮らしに何の不足もないんです」

ロビンは、またまじまじとゲイルをみつめて言った。「とても信じられない」ゲイルは、つんとした視線を投げただけだった。彼は肩をすくめた。「ここで車を降りてほしい、ということですね？」

「そうしてください、ロビン。誰かに見られると困りますから」

「普通なら、何の注意も引かないはずだ。領主の奥方が領民を車に乗せたからって、とりたててどうこう言われるわけがない」

ゲイルはエンジンをかけた。ロビンは灰皿にたばこを押しつけてから車を出て、振り返らずに歩み去っていった。

しばらく車を走らせているうちに、神経がぴんと張り詰めて動悸《どうき》が激しくなっていることに、やっと気づいた。聞いているうちに、聞いているうちはさほど気にもしなかった、領主様とか奥方とかいう言い方が妙にいやみめいて思い出された。人妻だということさえないがしろにされていたような気がして、屈辱感がこみ上げる。あんなことを言われる隙がわたしにあったのだろうか、ずっと?……思い当たることはなかったが、気持はさっぱりしなかった。

道のはずれに来たので車を止めて外へ出た。外気は肌を刺すようだった。その冷たい空気をゲイルは胸いっぱいに吸いこんだ。さっきまでは朝焼けで燃えるようだった空は、もうすっかり色あせ、その代わり山々の稜線がくっきりと見え、立ちこめていた霧も朝日にすっかり吹き払われてしまっている。ゲイルは、右手にひろがるなだらかな丘や森から、左手にひろがる荒涼としたヒースの荒れ地の方へ目を移した。荒れ地がはるか先の山並みに延びるところはギャリーの谷に深々と浸食されている。いまのゲイルの目にはそのあたりの峻厳《しゅんげん》な眺めが慕わしかった。谷の急流の音が耳に響くような気さえした。

心も冬支度をしている、とふと思った。

身も心も洗われたようになって、また車に乗りこみ、いまがたけなわの紅葉の中を家へ向かった。野山の錦《にしき》には冬の支度を急いでいる様子はなかったが、ゲイルはしきりに、もみや唐松が冬空に寒々とそそり立つ風景を思い描いていた。

それから一週間ほどしてから、アンドルーにだしぬけにきかれた。

「たばこを吸うのかね、きみは？」

「いいえ」何のことかと思ってゲイルはアンドルーを見上げた。「ごぞんじのはずですわ」

「モリーも使ってたのかな、あの小型車」

ゲイルは首を振った。「モリーはジープには乗ってましたけど、あの車はわたししか使いません」

彼は細めた目でじっとゲイルをみつめた。とても険しい表情になっている。「じゃあ、誰なんだろう。たばこの吸いさしが灰皿に入ってたけど」

ゲイルは思わず息をのんだ。あのとき、ロビンが……。「ときどき吸うんです、わたし。それで……」

「嘘《うそ》をつけ！　男を引きこんだんだ、車の中に！」

顔を真っ青にしてわなわなと震えながら、ゲイルはロビンを車に乗せましたと言った。殺しても飽き足らない、とでもいうようなものすごい顔つきを見上げながら、ロビンに今後は口をきかないと言ったことを話したが、アンドルーの顔つきは和らぐどころではなかった。

「わたしをさんざんさかなにして、あいつと……」

「まさか、そんな、アンドルー……」

「いや、そうに決まってる！　でなくて、どうして口をきかないなんていうことが言い出せたんだ！」

「はっきりと理由を言っただけです」上ずってしまいながらもゲイルは言った。「お望みどおりに知らぬふりをすることが、とてもできなかったんです。それに、ほんの少しの間、話しただけなんです」

アンドルーはいかにも軽蔑《けいべつ》しきった顔つきでゲイルの言うことを聞いていたが、そんな顔つきの底に、一瞬、悲痛な色がさっと走ったのがゲイルの目に入った。ゲイルは無意識のうちに彼の方へ手を差し伸べていたが、彼はにべもなかった。

「あんなやつと、わたしに恥をかかせるようなことをしたくせに、よくもそんな……」

「アンドルー、ひどいわ、そんなことはしてないわ！」涙をいっぱいためながら、ゲイルはかぶりを振り続けた。「恥をかかせるなんて、どうしてそんなことをおっしゃるんです？　そんなことが、どうしてわたしにできます？」ゲイルは思わず、一歩アンドルーの方へ踏み出していた。「あなたを苦しめたくないと思っているわたしの気持がわかってさえいただけたら、そんな邪推はなさらないはずです」ゲイルは彼を見上げたが、涙で曇った目にアンドルーの顔がぼんやりとかすんで見えるだけだった。「おっしゃるとおりに、もうロビンとは口もききません。ですから、もうこのことは、けりがついたんです。この話はもう二度としたくありません」

気がつくと、体温が感じられるくらい近々と寄って、じっとアンドルーを見上げていた。ゲイルの誠心誠意が通じたのだろうか、いつの間にかアンドルーの顔からは険しさが消えていた。

「いいだろう、ゲイル、もう二度とこの話はしないことにしよう」と彼は言った。だが、思いやりのないとがめ立てをして悪かった、という言葉は、ひと言もないままだった。

相変わらずの他人行儀な冷たいあしらいの毎日が、また始まった。アンドルーの態度が温かく思いやり深くなるのは、ロビーとシェーナがいるときだけだった。お茶の時間と、日曜の朝の教会行きのときと、日曜の午後の散歩――その散歩はよほどひどい降りでない限り、まめに続けられた。

十月の学校休みになると、ゲイルは気分転換がしたくなって矢も盾もたまらず、一週間ベスのところへ行ってもいいかとアンドルーに言った。

「ロビーやシェーナにも、いい気分転換になると思うんです」と付け加えると、アンドルーの眉はびっくりでもしたようにつり上がった。

「一人で行くんじゃなかったのかね？　骨休めがしたいっていま言ったばかりじゃないか。子供と一緒だったら、休むどころじゃないだろう」そう言いながらも彼の口元はほころんでいた。

「一緒でなかったら行く気はしません」

彼はまじまじとゲイルをみつめた。よそよそしい、感情がないような目つきで――口元の微笑はもしかすると、頬の筋肉が上げたただの細波《さざなみ》かもしれない。

「いいだろう、ゲイル。車で送っていくかね？」

「駅までお願いします。汽車で行きます。ベスかハーベイが迎えに来てくれると思いますから」

「汽車のほうが子供たちも疲れずにすむな」

駅まで送ってきたアンドルーは、三人に本とチョコレートを買ってくれた。汽車がゆっくり動き出すと彼は大きく手を振った。子供たちはちぎれるほどに手を振っていたが、父親の姿がすぐ見えなくなってしまったので、席に着いて本を開いた。カーブを曲がるところでまたアンドルーの姿が見えるかもしれないと思い、ゲイルは窓をのぞいていた。アンドルーが車の方へ歩いていく姿が目に入った。アンドルーが、ふっと目を上げた。ゲイルは手を振った。アンドルーは振り返した。笑顔も返してくれた、と思ったが遠すぎてはっきりとはわからなかった。

駅にはベスが迎えに来てくれていた。三十分後には、母が亡くなってからずっと住んでいたなつかしい家へ着いた。ロビーとシェーナを庭に連れ出しながらトーマスが生意気なことを言った。「当分、邪魔しないからね。のんびり話をしてね」

「雨が降り出したらすぐお家へ入るのよ」とベスが吹き出しながら言った。「すぐ降ってきますよ、この空模様では」

「以前どおりだわ、なつかしいわ！」とゲイルが思わず言うと、ベスがひょいと頭を上げて探るようにゆっくりときいた。

「幸せじゃないのね、ゲイル？」

「え？……もちろん幸せよ。変なこと言わないで」

「水くさいわね」ベスはゲイルのカップにお茶を注いだ。「ヘザーから聞いてるのよ」

「何もかも？」

「何もかもよ。モリーはよそへやるべきよ」

ゲイルは目をぱちぱちさせた。「どうして？」

「あの子が害を及ぼすのを避けるためよ。あなたたちの結婚生活をめちゃめちゃにしようとしてるじゃないの」

「退屈しきっているから、何かをして気をまぎらしたいだけなのよ、あの子は」

「学校へやる、という話はどうなったの？」

「病気になってしまったので、そのまま。屋敷でゆっくりさせるようにってお医者様はおっしゃるの」

「心配だわ。あなたと彼は、四六時中、モリーの嘘と中傷で仲を裂かれようとしているのよ」

「わたしたち、しっかり結びついているわけではないんですもの、仲を裂かれる心配なんて余計なのよ。もともと、ビジネスの契約と同じだったの」ゲイルは真向かいに座っている姉にちらっと目をやった。「彼には愛してもらえっこないわ、ベス。そんなことを考えてたなんて、どうかしてたのよ」

ベスは眉をひそめた。「この間はそんな哀れっぽい声は出さなかったのにね」

雨が窓をたたき出して、四人の子供たちが駆けこんできた。「遊戯室へ行ってなさい」とベスは命じた。「まだお話がすんでいないのよ」

「一度だけ、キスしてもらったことがあるの」子供たちが行ってしまうのを待って、ゲイルは言った。「でもいままでは、本当のキスじゃなかったと思ってるわ。なだめすかしたってことだと思ってるの」キスしてくれたのは二度だったが、思い出すだけがっかりする気持だった。

ベスにはまだ話してなかったと気づいて、傷を見られてしまったときのことをかいつまんで話した。話を聞き終わったベスは、そっと言った。

「アンドルーは別にあなたをなだめすかす必要はなかったんじゃないの？　あなたが頼みこんだわけじゃないんでしょ、別に？」ゲイルはかぶりを振った。「激しい言い合いをしていたら、彼が急に優しくなってキスをしたのね？　そういうことも契約のうちなわけ？」

「いったい何が言いたいの、ベス？」

「あのあばずれがどこかへ行ってしまって彼の胸に前の奥さんの影がちらつきさえしなければ、あなたたちはすぐにでもむつまじい夫婦になれるっていうことですよ」と一気に言ってからベスはきつい目でじっとゲイルをみつめた。「でも、あの子がそばにいては、見こみがないわね。何とかアンドルーを説きつけて、モリーを学校にやってしまえないの？」

「お医者様が行かせないわ、ベス」

「あの子はあなたたちを隔てる障害物になってるだけじゃないのよ。あの子がいる限り、アンドルーは心のやすらぎが得られないのよ」

そのとおりだわ、とゲイルは思った。それに、心のやすらぎがなければ幸せは見つからない――いくら幸せを追い求めようとしても……。

「たぶん、何年かすれば」ゲイルは投げやりにため息をついた。「モリーは結婚してくれるわ」

「そうかしら？　わたしだったら、いちばん憎んでいる人の息子さんだってあの子と一緒になってもらいたくはないわ」

子供たちが駆けてきて、戸口にひとかたまりになった。「ぼくたち、おなかがすいちゃったの」とトーマスがテーブルのビスケットを見ながら言った。「シェーナとロビーはもう何時間も、何も食べてないんだって」

「いいわ、あなたのマミーとわたしとで、すぐサンドイッチを作ってあげるわ。手を洗ってらっしゃいな」

「明日、わたしたちは美容院の予約をしてあるの」サンドイッチを切りながらベスが言った。「いつも火曜に行くのよ、すいてるから。トーマスとマリリンもカットしてもらうの。あなたたちも外へ出れば、どこかでお昼を一緒にできるわ」

「そうね、わたしもウインドー・ショッピングは久しぶり。それに、アニタの店でドレスを見たいわ。何だかあそこのでなくては合わない感じなの。わたしの好みもちゃんと知ってくれてるわ」

「商売上手なのよ、あの人」とベスは言った。「高くさえなければね……高いだけのことはあるけど」

ベスはゲイルたち三人を目抜き通りで降ろした。グランド・ホテルでお昼をする約束になっている。

「マミーにプレゼントを買っていいでしょ？」ゲイルとロビーの手をしっかりと握って小走りに歩きながら、シェーナが言った。

「ぼくもプレゼントしたいよ」とロビーも言った。「ダディとモリーにもあげるんだ、ぼくは」

「そうね、ダディとモリーのプレゼントが先ね。それでお金が余ったら、マミーにもお願いね」

「マミーがいちばんよ。それからダディ、その次がモリーだわ……ほら、マミー、見て！」シェーナが傍らのショーウインドーの方へ二人を引っ張った。「ハンドバッグだらけだわ！　新しいハンドバッグ、ほしいでしょ、マミー？」

「そんなにいっぱいお金がないじゃないか」とロビーがやりこめるような口調で言った。

「あるわ！……あるわよね、マミー？」

「ハンドバッグはほしくないわ、ダーリン。とにかく大きな店に入って見てまわらない？もっといろいろな品物があるわよ」

子供たちはそれぞれアンドルーに小さなガラスの動物を買い、それからモリーに二人で香水を買った。ゲイルはこっそりと足りない分を助けてやった。ゲイルには、シェーナは小さなフランス人形、ロビーは小さな絵を選んでくれた。草ぶきのかわいらしい家に赤いばらのからまる絵だった。

ベスおばちゃまにも選んだし、もちろん子供たち四人へのプレゼントも買った。

お気に入りの婦人服店では、しなやかなラムズウールのドレスとカクテルドレスを選んだ。カクテルドレスの袖はちょうど傷跡が隠れるだけの長さだった。

「すっごい美人だ！」とロビーが熱っぽく叫んだ。「今夜、着るの？」

「今夜じゃないわ、ロビー。パーティのときのよ」

店から出るとすぐシェーナが言った。「持ってあげる、その箱」

「いいのよ、シェーナ。持ってもらうには大きすぎるわ。それにあなたにも荷物があるでしょ？」

しばらくウインドーを見てまわっていると、突然、名前を呼ばれた。ゲイルは振り返った。

「マイケル！　お元気そうね」マイケルがロビーとシェーナに目を注ぐ様子を見て、ゲイルは、ふっとほほえんだ。

「うん、ゲイル。結婚したそうだね」

ゲイルはうなずいた。恨めしい気持はもうわいてこない。ゲイルは改めてにっこりと笑った。彼はじっと子供たちを見下ろしている。

「この子は、ロビー。こちらは、シェーナ」

「相手の人は……離婚したの？」

「主人の前の奥さんは何年も前に亡くなったの」

「それは悪かった。この子たちが小さいから、つい早合点してしまった……何でも、子供は三人て聞いてたけど、そうじゃないの？」

「長女がいるわ」とゲイルは言っただけだった。

マイケルの目つきは何となく、ゲイルや子供たちの身につけているものを値踏みするふうだった。「ご主人は……スコットランドの人じゃなかった？」

ゲイルはちょっと胸を張った。「ダンロッホリーの、昔なら領主という肩書きの人です」

「すごいな、そいつは！　さぞ大きな屋敷に住んでるんだろうな」

「とっても大きいですよ」だしぬけにロビーが言った。「でも、大勢の人が住んでいるし、お客様も大勢だから大きくなくてはいけないんです。そうだね、マミー？」

「大勢の人が住んでるって？」とマイケルがいぶかしそうにきいた。

「ええと、マミーとダディとぼくとシェーナとモリー、でしょ？　それからメイドが三人とミセス・バーチャンと……」

「ロビー！」ゲイルは笑いながら、たしなめた。「ミスター・バンクフットはそんなに詳しく知りたいわけじゃないのよ」

「だって、きかれたんだもの。男の雇い人たちのことも教えてあげていい？」

「いいのよ、ダーリン」ゲイルは腕時計を見た。「そろそろ行かないと……ベスと待ち合わせをしてるんです」とゲイルはマイケルに言った。

「お昼を誘おうと思っていたのにな。通りの向こう側のあのカフェでいつもするんだけどな」

「でも、マイケル、行かなくてはいけないの。お子さんたちは、お元気？　きくのが遅れてしまいましたけど」

「元気だよ、とても」

「そう。ジョーンによろしくおっしゃってね」

「うん、伝えるよ」

「さようなら……急ぎますから。さあ、ロビーもシェーナも、さようならをおっしゃい」

「さようなら」二人は声をそろえて言った。

三人はマイケルと別れて歩き出したが、すぐシェーナがきいた。

「誰なの、あの人、マミー？」

「昔のお友達……」とゲイルは言っただけだった。

10

三人は土曜日にダンロッホリーに帰った。アンドルーが駅まで迎えに来てくれていて、家までの車の中ではロビーとシェーナが一週間の滞在の間のさまざまな出来事を、お互いの話を奪い合うようにして父親に報告を始めた。

「ぼくらがいないで寂しかったでしょ?」思いついたようにロビーが言った。

「とても寂しかったよ、ロビー」心底そう思っていたような声に、ゲイルは驚いてしまった。

「わたしたちも寂しかったわ、そうよね、マミー?」シェーナはゲイルの手を握り締めながら身を乗り出すようにして父親の頰にキスを押しつけた。「どうして一緒に来なかったの?」

「お仕事があったからだよ、シェーナ」

「今度のときは来られるね?」とロビーが言った。「だってすてきだもん、こうして四人でいるほうが」

ふと、駅を出ていく汽車の窓から見たアンドルーの姿がゲイルの目に浮かんだ。手を振って、確かに笑顔を返してくれていた……バックシートの方を向いて半身になっていたゲイルはつくづくとアンドルーの横顔をみつめた。もちろんいまはいつものように笑顔とはほど遠い顔つきだが、口元は気のせいか和んでいるように見えるし、じっと前方に注がれている目には、憂いの影が浮かんでいるように見える。

アンドルーの視線がふっとゲイルに流れた。ゲイルの胸は、どきん、と大きく打った。何という寂しそうな目だろう、本当に寂しかったのだ！　予想もしなかった事実をまざまざと目にして、ゲイルの胸は激しく打ち続けた。

「ロビーとわたしからプレゼントがあるの」とシェーナが言い出した。「ロビーのはとっても……」

「だめじゃないか、話しちゃ！」とロビーがあわててさえぎった。

「どうして？　わたしは話したいわ」

「家へ帰ってからでなきゃ、びっくりしてもらえないじゃないか」

「ロビーは話さなければいいでしょ、だったら？」ゲイルは取りなした。「シェーナだけ話したらいいわ。ね？」

「でも、同じものなんですもの」

「ほら、また言う！」ロビーがやきもきと舌を鳴らした。「もうだめだよ、ひと言も言っちゃ！」

「何から何まで同じじゃないのよ」シェーナは父親の背に小さなあごをあずけた。「わたしのは青でロビーのは緑なの。どっちの色が好き？」

「両方とも好きだよ」

「話させないで、マミー、何とかしてよ」とロビーが気もそぞろに訴えた。

「我慢しなさい、シェーナ。ほら、もう村道に入ったから、すぐお家よ。それまで待てるでしょ？」

「わかったわ、待つわ」

ロビーが皮肉っぽい口ぶりで言った。「まだ子供だから我慢ができないのさ」

ゲイルとアンドルーは声を合わせるように笑った。

「ベスはどうだった？」とアンドルーが言った。「子供たちの話は一段落したようだ」

思いつくままをゲイルは話し出した。ときどきちらっちらっと目を投げて、本当に興味があるのかお義理で耳を貸してくれているのか、不安に思いながら。

やがて三人は小さいほうの居間に落ち着いた。

「プレゼント、気に入った？」とシェーナがきいた。

「これで三度目だよ、シェーナ」とロビーが言った。「気に入ったに決まってるじゃないか」

もっともらしいロビーの口ぶりを聞いてふっとため息がもれるのを、ゲイルはどうしようもなかった。日増しに成長していく様子を見るのはもちろんうれしいことには違いないが、あまり早く大きくならないでほしい、という気持も動く。

だが、すぐにロビーはちっちゃな子供にもどって、ゲームをやろう、としつこくシェーナを誘い始めた。

「このゲームはまだやってないんだよ」とロビーは父親に言った。「マミーが買ってくれたんだけど、遊ぶ暇がなかったんだ。毎日、出かけてたからね」

「そうだろうな」と言ってアンドルーは笑った。「みんなにプレゼントを買ってまわらなくてはいけなかったものな」

「プレゼントは一回ですんだよ。ベスおばちゃまたちが美容院へ行ったときに、三人で買ったのさ」

「すてきな人に会って、お昼を食べましょうって言われたわね」とシェーナがはずんだ声で言った。「マミーのお友達ね、昔の」

ゲイルとアンドルーは同時に目を上げた。二人の目が合った。

「マイケルだったんです」とつぶやくようにゲイルは言った。

「マイケルって?」アンドルーは眉をひそめた。

「写真の……」

「ああ、あの。婚約をしていた人だね？」

「もう、三人のお子さんがいます」

「一緒に食事はしなかった様子だね？」アンドルーの声には険はない。いかにも何げない話しぶりだった。

「ちょうど、ベスと待ち合わせをしていたんです」

「ベスと待ち合わせてなかったら？」

「やっぱり断っていました」ついこの間はマイケルのことをきかれただけでかんを立ててしまったのに、今日はどうしてこんなに静かな受け答えができるのか、自分でも不思議だった。「もう気持が通い合っていないんです、マイケルとは」

「でも、相変わらず友達っていうわけだろう？」

ゲイルの口元がふっとほころんだ。「敵同士ではない、と言ったほうが適切ですわ」

アンドルーはまじまじとゲイルをみつめていたが、やがてガラスの動物をそっとつまむようにしてくるくるとまわし始めた。暖炉の火明かりを浴びてさまざまに変わる色の変化を放心したような目で眺めているアンドルーを、ゲイルはじっとみつめていた。

ゲイルも子供たちに内緒でアンドルーにプレゼントを買ってあった。二人をベッドに入れてからと思って差し出すのを延ばしていたのだが、やがて子供たちを寝につかせて、また暖炉の前で差し向かいになったときにも、何となく気おくれがして言い出せないでいたのだった。

別に言い出せないようなよそよそしい雰囲気ではなかった。むしろ彼の顔は勢いよく燃える薪《まき》の火明かりに照らされて、いつになく和んでいるようだ。こんなことではやるせなくなるだけだと自分を励まして、ゲイルはつぶやくように話し出した。おずおずとした笑みを浮かべて。

「わたしからも、プレゼントがあるの」ゲイルは傍らのテーブルから包みを取り上げて彼に差し出した。「ミセス・バーチャンに、インクスタンドを割ってしまったって言ってらしたでしょ……?」

彼はびっくりしたようにゲイルを見上げた。「ありがとう、ゲイル」と言いながら包みを受け取って、ゆっくりとリボンを解き始めた。

水晶と銀で細工した骨董《こっとう》物のインクスタンドで、ゲイルがひと目見て気に入ったものだ。アンドルーも大変な気に入りようだった。

「じつに見事だ」彼は掌《てのひら》にのせてほれぼれとみつめた。「ありがとう、ゲイル。大切に使わせてもらうよ。すばらしいプレゼントだもの」

「気に入っていただけたんですね」こみ上げてくる激情を押し殺しかねて、ゲイルはつと顔をそむけた。

やがて部屋へ上がる時間になった。ゲイルはおやすみなさいを言ってドアへ向かったが、アンドルーがはだかるようにゲイルの前に立った。

一瞬、ゲイルは息をのむ思いだったが、すぐ彼が口を開いた。「ゲイル……重ねてお礼を言うよ。本当に……ありがとう」そう言うと彼は一歩、脇《わき》に退いて、ゲイルを通した。

本当に……ありがとう、というアンドルーの口ぶりを胸の中で繰り返すようにしながらゲイルは階段を上がっていったが、言いたかったことはもっと別の言葉に違いない、という思いでゲイルの胸はひたひたと満ちあふれていった。

翌朝、いつものように四人は教会のミサに出、お昼をすませてから、いつもの散歩に出かけた。ロビーとシェーナは先を争うようにして前を走っていってはまたもどり、また走っていく。アンドルーの傍らをゆっくりと歩きながら、ゲイルはやすらぎに満ちたしみじみとした気持にひたっていた。

だがそんなやすらいだ気持は、ふとモリーのことを思い浮かべて、いっぺんに波立った。留守の間にモリーがひと悶着《もんちゃく》を起こしたのだった。

逃げ出そうとしたがアンドルーが取り押さえたと昨夜ミセス・バーチャンが話してくれたのだ。〝わたしだけでしたら勝手に逃げさせておきましたね。アンドルー様だって、あの人が病気でさえなかったらそうしていましたよ、きっと。まったくの性悪ですよ、ミス・モリーは。あの方の心臓はきっと真っ黒なんですよ。あの方の病気はただの心臓病じゃなくて、悪魔の申し子みたいな真っ黒な心臓をしているせいですよ……〟

あの子がいる限り心のやすらぎは得られないのよ、と言ったベスの声がまざまざとよみがえった。

「どうかしたのかね?」と突然、アンドルーがきいた。

「どうかしたかって?」何のことかよくわからずにゲイルはおうむ返しにきいた。

「幸せじゃないな、少なくとも」

「どうしてそんなことをおっしゃるの?」

「顔つきが……悲しそうだ」

「悲しくなんかないわ」とぞんざいに言って、ゲイルは無理に笑い声をあげた。「何か悲しまなくてはならないことでもあります?」

「そうだな、考えすぎだったかもしれない」

しばらくの間アンドルーはあれこれと思いめぐらす様子だったが、また唐突に言った。

「不幸せかね、ゲイル?」

どうしてそんなことをきくのか、いぶかしかった。とにかく自分のことから話をそらそう、とゲイルは決めた。「完全に幸せな人って、います?」

「幸せかどうかっていうのは気持の持ち方しだいだから、いるともいないとも言えないだろう。それに、そんなことをきいてるんじゃないんだ」ゲイルは何も言わずにいた。するとまたアンドルーが言った。「後悔してるんじゃないか、ゲイル?」

「後悔って……わたしたちの結婚のことですか？」ゲイルは傍らのアンドルーをじっと見上げた。傾きかけた日差しを浴びた彼の顔立ちは、じつにりりしい。ゲイルは、はっきりと言った。「いいえ、後悔などしていません」

「気持は変わらないってことだね？」

ずいぶん聞き慣れない口ぶり、とゲイルは思った。いったいどう返事をしたらいいのだろう……アンドルーがぴんと張り詰めているのは、はっきりわかる。まるでわたしの返事にすべてがかかっているような感じ……ゲイルはとっさに悟った。この人はわたしがいまの結婚生活に不満を抱いているのではないかと気づかっている。少なくとも、ここでの毎日がわたしの期待に反して単調で退屈すぎるのではないか、と心配している。それでこんなふうに気をもんでいるのだ。

気苦労はモリーのことだけでたくさんだろうに、わたしまで苦労をかけてしまっている……。「そんなこと、とんでもないわ、アンドルー……」と思わず口走るように言ってゲイルは目を上げた。「全然、変わってないわ、全然」

変わってほしいのに、という思いがこみ上げた。ちゃんとした夫婦になってほしいのに。愛してほしいのに……。

アンドルーは、ふーっと大きなため息をつくと、すぐに言った。「では、わたしから離れていくようなことはないね？」

また思いもかけない質問だったが、彼の口元にはおぼつかなげな表情が浮かんでいた。本当にそんなことを恐れているのだろうか。ゲイルは反射的に答えていた。「離れてはいきません、アンドルー。行くわけがないわ」

アンドルーは探るような目でじっとゲイルを見下ろした。「子供たちが大きくなってもかね？　あの子たちが結婚して、この屋敷を出ていってしまってもかね？」

ゲイルは目を閉じた。あの子たちが結婚して出ていってしまったら、わたしはいったいどんな存在になるのだろう。妻でも女中でもないような、あいまいな偽りに満ちたぜんまい仕掛けのお人形。お屋敷に住みついて、ご主人様の言いなりに、影の形に添うようにアンドルーと出かけたり、招待客たちに愛嬌《あいきょう》を振りまいたりする。アンドルーへの思いをひっそりと胸に秘めながら……でも年をとるにつれて報われない思いは、たぶん、しだいに薄れていって、やがて消え去る……返事を催促するような気配があった。ゲイルは、はっと目を開けた。

「そんな先のことが、いまわかるわけはありません」

彼の口元がぎゅっと引き締まり、青い目には険しい色が表れた。「離れていくこともありうると思っているのかね？」アンドルーの声にも険があったが、その険しさの底には一抹《いちまつ》の不安が相変わらず影のようにまといついている感じだった。

ゲイルはまた目を閉じた。すると、目の前にしていたときには険しいだけだったアンドルーの顔立ちが、望みをすべて失ったようなわびしげな表情に変わって目の裏に浮かんだ。ゲイルは愕然《がくぜん》としながら、その心眼に映った彼の顔に語りかけるように言った。

「そんなこと、これっぽっちも思っていません」

アンドルーは大きく息を吸いこむ様子だった。ゲイルは目を開けた。彼は躍るような足取りで、さっさと歩き出した。あまり急ぎ足なので、ゲイルは小走りになってやっとついていった。

「早足すぎるな、きみには」彼は歩調をゆるめて、大きく振れているゲイルの手の方へちらっと視線を投げた。

わたしの手を握り締めたがっている……ゲイルは何となくそう思った。

アンドルーはいろいろな工場も経営していたが、関係している工場のひとつからどうしても来てほしいと言われて、行かなくてはならなくなった。その工場はイングランドの中部にあり、四、五日の留守になるということだった。

「モリーの見張りを頼む」と彼は言った。「もちろんきみが出る間はミセス・バーチャンに頼んであるし、看護婦にも毎日、来てもらうことにはなっているけどね。本当は部屋に鍵《かぎ》をかけて閉じこめておくにこしたことはないんだけど、そんなことをしたらかえって暴れさせてしまう」留守の間にモリーは必ず逃げ出そうとする、はっきりとそう思っているような心配そうな響きだった。

「でもどうかしら、アンドルー、四六時中、見張っているわけにもいきませんし……」

「まさか縛りつけておくわけにもいかない」彼は首を振った。「痛めつけるに限ると思ったこともないわけではないんだけれどね、女の子相手にそんなこともできなかったんだ。モリーにはいままでも苦しめられてきたし、これからも苦しめられるのかと思うと我慢も限度の感じだよ。いっそモリーの勝手にさせて、体でも何でもめちゃめちゃに壊させたら……と思うこともあるんだ」

いままではアンドルーがこんなふうに話してくれたことはなかった。そう思うとゲイルは幸せな気持になり、すぐその思いを言葉に表した。「あなたはできる限りのことをなさってるわ、アンドルー。ご自分を責めることなんて、何ひとつありませんよ」

彼はまじまじとゲイルをみつめた。ゲイルの言葉の真意を探り出そうとでもするように。

「違うよ、ゲイル」とやがて彼は苦々しげに言った。「自分を責めたりなんかしないよ」

やがて彼はベンツに乗りこみウインドーを下ろしてゲイルに声をかけたが、そのときはもう苦々しい響きは跡形もなくなっていた。

「風邪をひかないようにな。じゃあ」彼は笑顔になって、ちょっと手を上げた。

お座なりとは思えない言い方の真意がわからなくて、ゲイルは手を振るのも忘れてぼんやりと立ちつくしていた。

モリーは、鬼が行ってしまえばもうこっちのもの、という感じで意気揚々としていた。

「何としてでもわたしは逃げ出すわ。いい気味だわ、お父様にこっぴどくやっつけられるわね！」

「そんなことはないわ、ちゃんとお話ししましたよ」

「わたしのことを陰でこそこそ話してるのね？」

「あなたのことを話したのは、はじめてよ。仮にあなたに逃げ出されても、ひどいお叱《しか》りを受けることはないわ」

「逃げ道を作ったのね？」モリーは耳ざわりな笑い声をあげた。「どんな手を使ってそんな約束を取りつけたの？　泣き落とし？　禁欲生活を送ってるから、涙はすぐ出るんでしょうね、おヒスのせいで」ゲイルは胸が悪くなってしまい、急いでモリーの部屋を出た。

看護婦はちょうどお昼で階下に行っていたが、とても待っている気にはなれない。ドアを閉めたゲイルをモリーの大声が追ってきた。「看護婦見習いさん、わたしを一人にしておいていいの？　待ちなさいよ、もっとかわいがってあげるわ！」

ゲイルはキッチンへ急いだ。

「逃げ出せるもんですか、口だけですよ」とミセス・バーチャンは言った。「ジープはシンクレアが持っていってあるんです。ミス・モリーはあのジープならキーがなくてもエンジンをかけられるんですよ。奥様がお使いになっている小型車は無理のようですし、キーを差しこんだままになさることはありませんでしょう？」

「ええ、これからも気をつけるわ。でも、以前、家出したときも車は使わなかったんでしょ？」

「タクシー代も汽車賃も持っていたんですよ、あのときは。今朝はひどいせがみようだったんですよ、奥様がお坊ちゃまたちを学校に送りに行ってらっしゃる間……でもアンドルー様は一ペニーもおあげになろうとなさいませんでしたよ」

ゲイルはため息をついた。「どうしようもない子ね。そんなことぐらいわからないのかしら」

ミセス・バーチャンはパイ皮を延ばす手を止めた。「これからだって無理でしょうね。もともと、この世に生まれてきてはいけない人だったんですよ。ミス・モリーはこのお屋敷に大凶を持ちこんだんです……あの日はご主人様にとっては本当に凶日でしたけれどね、それはもう晴れ晴れとした顔をなさって……そうですとも、あのころはアンドルー様は若い盛りでしたからね、目をきらきらさせて、まるで奇跡を目の前にしたようなご様子でした。あのお顔はいまでもはっきりと目に浮かびます。あのころはとても感じのいい方だったんですよ、とても心が広くて……」よみがえった記憶を扱いかねるように、ミセス・バーチャンはこね棒のあちこちからねり粉をつまみ取るような動作を繰り返していたが、やがて小さな吐息をもらした。「それがいまは、心を持ってらっしゃるのかどうか、いぶかしく思うことがたびたびなんですからね。みんな、性悪女二人のせいなんです」ミセス・バーチャンはまた、パイ皮延ばしを始めた。「ミス・モリーをわざと逃げるようにさせようか、と思ったこともあるんですよ。手引きまがいのことをして。それでミス・モリーがどうなっても、自業自得ですからね」

「まさか、そんなことはさせられませんよ、ミセス・バーチャン。とにかくしっかり見張っていてあげるのが、あの子のためなんですからね。でもね、どこかに気がつかないような抜け穴があるみたいな気がしてしかたがないの」

「看護婦が付きっきりなんですから、そんな……」

「でも、六時には帰ってしまうのよ」

「それなら大丈夫ではありませんかね。夜の間は飛び出す気づかいはありませんからね、この寒さですし、足もおあしもないんですから。とにかく手も足も出ませんですよ」ミセス・バーチャンはにこっと笑った。「車をちゃんとロックすることさえお忘れにならなければ」

「念には念を入れますよ」確かにミセス・バーチャンの言うとおりに、足もおあしもなければ大丈夫、と思ってゲイルも思わず笑顔になったのだった。

　まさか外からの手引きがあるとは思いもしなかった。翌日の金曜の朝、モリーの部屋はもぬけの殻だった。

「電話でお膳立《ぜんだ》てを整えたに決まってます」ミセス・バーチャンは無念の顔つきだった。「夜中に車のドアが閉まる音を聞いたと思って外をのぞいたんですけどね、ライトが見えなかったものですからそのままにしてしまったんです。エンジンをかけずに下りていったんですよ、きっと」

「とにかく主人に電話を入れるわ」とゲイルが言っているところへシンクレアが現れた。シンクレアは忙しい体なのに、迷惑がりもせずに子供たちを学校へ送り届ける役を頼まれてくれた。ロビーとシェーナはもう車に乗せてあった。

アンドルーからは工場とホテルの二つの電話番号を教えられていた。さっそく電話を入れたが、どちらにもいない。

何か手がかりでも、と思ってモリーの部屋へ上がった。電話のそばのメモ帳に目がいった。落書きが書いてある。電話しながら書いたのだわ、と思いながら頁をめくった。やはり落書きで埋まっている……ふと、住所が書いてあることに気づいた。北スコットランドのロス・クロマティ州にある地名……。

「確かに、ご主人様の狩猟小屋の住所です。今年は行かれませんでしたけれど、毎年、鹿狩りにお使いになるんです」とミセス・バーチャンは言った。「まさかあんな遠いところへなど……」

「もちろん、遠すぎるわね」とは言ったが、どうしてその小屋の住所がメモ帳に書いてあるのか、ゲイルは腑《ふ》に落ちなかった。「でも、電話をしながら書いたことには間違いはないのよ。その小屋には管理人が住んでいるの？」

「ご主人様がいらっしゃるときだけ、離れたところに住んでいる老夫婦があがって、お世話することになっているんです。狩猟のときにお使いになるだけですから、他の使用人たちも、みんなそれぞれ自分たちの家に住んでいるんです」

無人小屋だとすると……。

「どのくらい遠くなの、ミセス・バーチャン？」

女中頭は驚いたように目を上げた。「まさか、いらっしゃるおつもりではないでしょうね？」

「行くわ。ぴんとくるの」

「あんな辺ぴなところへミス・モリーが行くわけがありませんですよ。それに、車で行くとしたら……いいえ、とんでもありません。あんな遠くまでお一人で運転なさるなんて……」

「道さえあれば、どんな遠くだって大丈夫よ」

また電話をしたがアンドルーはつかまらない。ゲイルとしては少しでも早く出たかった。シンクレアもひと荒れきそうなお天気具合を気にして反対したが、ゲイルの決心は固かった。シンクレアもとうとう折れて、アンドルーへの連絡や子供たちの送り迎えを買って出てくれた。どう急いでもモリーを連れ帰るのには二日はかかりそうだった。

シンクレアが気にしていたとおり、夕方には雪が降り出して、北へ向かうにつれてひどい吹雪になっていった。雪はフロントガラスに吹きつけてすぐ視界をきかなくしてしまう。いったい何十回、車を降りて雪を取りのけたろうか。そのたびに全身は雪にまみれ、手足は凍えた。吹雪が募るにつれて車はのろのろとしか進められなくなる。時間だけはどんどんたっていくけれど、果たしてどのくらいの道のりを走破したのか見当がつかない。この辺で車を止めて地図を見よう、と何度思ったかしれない。そのたびに、いったん止めたら二度と動かなくなるのではないか、という恐怖が先立った。悪戦苦闘ももう限度と思い始めたときだった。雪がいつの間にかみぞれに変わっているのに気づいて、ゲイルは車を止めて室内灯をつけ、地図を取り上げた。もうそれほど遠くはない。あと、ひと頑張りすれば……。

山々の稜線が、白み始めた空におぼろに姿を現し始めたころ、やっと狩猟小屋が目に入ってきた。人のいる気配はない。むだ骨、ととっさに思った。当てがあるわけでもないのにこんなところへまで来てしまって、アンドルーにどんなにすさまじい叱られ方をすることだろう……。

前庭の行き止まりに車を乗り入れた。建物の端の屋根の下に頭を突っこむようにして車が止めてある。よく見ると、傷だらけのぽんこつ同然の車だった。止めてあるのではなくて捨ててあるのかもしれない。すぐ近くにもう一台が雪をかぶっている。やはり廃車という感じだった。

どうせ開きはしない、と半ばあきらめながら、すぐそばの裏口のドアを押してみた。何と、すうっと開いた。恐る恐る入った。人の気配はない。外にいるときよりも寒気が身にしみて、思わずぶるっと震えた。だが居間に入ったとたんに、ゲイルの目は輝いた。テーブルや椅子に酒瓶やグラスが散らかっている。レコードプレーヤーもある。レコードが床に散乱している。

「誰だい、いったい?」明かりがぱっとついた。

ゲイルはぎょっとして振り向いた。「びっくりするじゃありませんか! あなたこそ、誰です!」

部屋着姿の青年だった。夜明かしをしたのがはっきりわかる目で、その青年はゲイルのびしょぬれの姿をじろじろ見た。

「ポールだよ。いかすじゃないの。デイブが、代わりのかわい子ちゃんが来るって言ってたけど……でも違うな。年をくいすぎてる」

「どこなの」ゲイルは冷ややかに言った。「わたしの娘は?」

「わたしの娘だって?」青年は口をぽかんと開けた。「じゃあ、モリーのおやじさんの……だけど、どうしてここにいるってわかったんだい? 誰にもしゃべってないって言ってたのに」青年の顔色は、さっと土気色に変わった。「モリーのおやじさんも来たんだな！」鬼がすぐ後ろから現れる、とでも思っているようなおびえ方だった。

「あとからすぐ来ますよ。どこです、モリーは？」

「ベッドだよ。こんな時間に、いったいどこにいると思ってるの？　おれだってうとうとしてたんだ。頭ががんがんするから、もう一杯ひっかけようと思って下りてきたのさ。だけど、おやじさんが来るんじゃそうもしてられないか。モリーの寝室は階段を上がった取っつきだよ」ゲイルはもう廊下へ出ていた。「昨夜はさっさと具合が悪くなっちまいやがって、パーティはさんざんだったんだ。八時にはベッド入りさ。もちろんキャロルだよ、連れてったのは。それからは誰も顔を見てないんだ」

「見てないって……誰も、のぞいてみもしなかったっていうこと？」ゲイルは、ぞっとした。

青年は肩をすくめた。「パーティに夢中で、うっかりしちまったのさ」

「何ですって！」あまりのことに言葉が続かなかった。ゲイルは身をひるがえすようにして階段を駆け上がった。

モリーは胸を苦しそうに波打たせていた。唇は紫色だった。「どうして……ここが？」あえぎながらモリーは言った。「お酒を、お願い。お酒を持ってきて！」

階下へ下りようとして部屋を出たときに、廊下の奥の部屋から話し声が聞こえた。

「まさか、そんな……」

「あとからすぐ来るって言ったんだ。ぐずぐずしてるなら、置いてくぞ！　とにかくおれはずらかるからな」ゲイルはそのまま階下へ急いだ。

モリーの唇にカップをあてがっていると、ドアの前をどやどや通り抜ける足音がして、「じゃあね、モリー」という女の声がした。

それからすぐ凍りついた雪を押し砕く音をあげて二台の車が走り去った。

「ちょっとの間、待っていてね」ゲイルはそっとモリーを横にさせた。「電話をしてくるの。すぐもどってきますよ」

シンクレアから聞いていた土地管理人のバークレイに電話をして、医者の番号を教わった。

三十分もしないうちにバークレイが来てくれた。四十がらみのいかつい人だった。ゲイルの話をひととおり聞き終わると、いとわしそうに首を振った。「お酒がふんだんにあることを知ってましたからね、ミス・モリーは。まったく何てことでしょうね」

モリーの具合はどんどん悪くなっていくようだった。激しい痛みが襲うらしい。

「痛みがひどそうね？」

「ひどいなんてもんじゃないわ。早く、注射でも何でもして……」モリーはあえいだ。

「みんな、顔も見せずに行っちゃったのね。招《よ》ばなければよかったわ。銃まで使わせてやったのに……」

「使わせたって……何か撃ったの？」

「鹿よ、決まってるわ。男が三人がかりで撃って、デイブの弾だけは当たったけど、逃げていったわ。へまなんだから」

「手負いのままなのね？　こんな悪天候の中を、必死で逃げているのね、まだ……」

「死ぬわ、いずれ。傷がひどければ、食べられないもの」ゲイルの顔を見てモリーは、痛みに顔をしかめながら笑った。「何よ、たかが鹿じゃないの」

バークレイはホールで銃を点検していた。ポーチにほうり出してあったということだった。モリーから聞いたことをゲイルはバークレイに話した。

「手負いですって？　すぐロバートソンに電話をします。ミスター・マクニールの猟番頭なんです」


暖炉の前で体を丸めながら、ゲイルはじっと炎をみつめていた。丸二晩、眠っていない目はうずき、身も心もしびれたようになっている。薪を投げこむのをしおに、のろのろと立ち上がって窓辺に寄った。ベルベット地の厚いカーテンに隙間《すきま》を作って、外を見る。夜はとっくに明けて、白魔の世界がひろがっている……アンドルーとロバートソンがこの白い魔境のどこかで手負いの鹿を追っている……何度か経験があるんですけどね、と言ったロバートソンの声が耳に残っている。〝脚を引きずるようにして必死で逃げる鹿の姿も哀れですけれど、泣き叫ぶようなあの声だけはたまりません。傷の痛みと飢えで、ぞっとするような悲鳴をあげるんですよ。いまだに耳についていますよ……〟

カーテンをしっかり閉じて、火のそばにもどった。

モリーは悲鳴をあげなかった。救急車はなかなか来てくれなかった。病院へ向かうまでも何ともどかしかったことか。空まわりをしたりスリップをしたりして、すぐには道へ出られない。やっと大通りへ出てものろのろとしか走れなかった。

だがゲイルのあせりも空《むな》しかった。病院へ着いて二十分後にモリーは死んだ。寒々とした待合室へ医者がやって来て……それから、精も根も尽き果ててタクシーでもどって……いまでも悪夢としかゲイルには思えない。

病院へ行っている間にアンドルーは小屋に来たらしかったが、バークレイからモリーの死を知らされると病院へは駆けつけずに、すぐロバートソンと連れ立って手負いの鹿を追いに出かけたのだった。

それから丸一昼夜、ゲイルはずっと暖炉の前にうずくまりどおしで、ときおりカーテンをかかげて外を眺めた。眺めるたびに、みぞれだったり、吹雪だったり、冴《さ》え返った満月が出たりしていたことは覚えているが、時間の観念はまったくなくなっていた。

手負いの鹿を仕留めるまでは二人が帰らないことはわかっていたが、夜が明けてしまったと思ったせいだろうか、アンドルーがどうかしたのではないだろうかという心配がこみ上げてどうしようもない。肺炎になったのではないだろうか、リューマチ熱で動けないのではないだろうか……。

いたたまれずに立ち上がったが、またすぐ椅子に背をもどした。頭を他に向けなくては、と思ったとたんに、モリーの死に顔が目に浮かんだ。ゲイルは激しく頭を振った。

キッチンでアービン夫婦が立ち働く気配がした。火をたきつける……ボイラーの火を入れる……。

ゲイルが病院からもどったときには、もう小屋の管理人夫婦が居間や寝室をきれいに片づけてくれていた。

「さあ、さあ、おやすみになってください」ミセス・アービンは生粋《きっすい》のスコットランド女らしく生きがよかった。「夜どおし運転なさったうえに、救急車を待つ間、ミス・モリーに付きっきりだったそうですね。マットレスは干しておきましたし、お部屋は暖かになっておりますよ」

「起きて待ってるわ、主人の帰りを……」

「起きてだなんて、そんな!」ミセス・アービンはまるで噛《か》みつきかねない様子だった。

「丸一日はかかりますよ、いつもそうなんですよ」

「でも、主人がこんなひどいお天気の中で一生懸命なのに、寝てはいられません」

「そうですか。お気のすむようになさるよりしかたがありませんね」

昼間のうちはミセス・アービンもそれ以上は何も言わなかったが、夜になるとそうあっさりと引き下がってはくれなかった。「今夜は絶対にもどられません、二晩もおやすみにならずにいたらお体がどうにかなってしまいます」と言い張ってきかないのだった。

ゲイルはこれ以上、逆らってはと思って二階へ上がり、やがて管理人夫婦が寝静まるのを聞き澄まして階段を忍び下りて、また居間へもどった。

ミセス・アービンの足音がホールをやって来る。ドアが開いた。シャベルの入ったバケツを手に下げている。

「まあ……！」ミセス・アービンの目は、服を着たままのゲイルから暖炉へと移った。

「ミセス・マクニール！　おやすみにならなかったんですね！」

「だましたようだけど、そうなの。主人が危険に身をさらしているかと思うと……ああ、ミセス・アービン、まさか何かあったわけじゃないでしょうね？　まさか、湖に落ちたりはしてないでしょうね？」

「どうしてまた、そんな湖に落ちるだなんて」

「だって、どこもかしこも雪と氷におおわれているんでしょう？　薄い氷の上に知らずにのってしまったら……」

ふっとアンドルーの姿が幽霊のように戸口に現れた。全身ずぶぬれで、泥まみれの姿。

ところかまわず草の葉もこびりついている。

「アンドルー……無事だったのね！」ゲイルはよろよろっと彼の方へ寄っていった。「無事だったのね、あなた……」そう繰り返したとたんにゲイルの膝から力が抜けていった。

アンドルーはしっかりとゲイルを抱えた。「ダーリン……」そっとゲイルを長椅子に座らせると、また彼は言った。「ダーリン、くたくたの様子じゃないか。まさか寝なかったんじゃないだろうね？」

急にまぶたが重くなってしまい、目を開けようとしてもなかなか開かない。口を開こうともしたが、力はもう尽き果ててしまった感じで、ただわずかにかぶりを振っているのが自分でもわかるだけだった。だがゲイルの口元には、ほんのかすかにだが微笑が浮かんでいた。

「あなた様は大丈夫だから、と言いましたんですよ」ミセス・アービンの声が聞こえた。それからグラスとグラスが当たるような音。「おやすみになるようにとも、さんざん申しましたんですよ。二晩もおやすみにならなかったんです。あなた様が帰っていらっしゃるまでは、と言い張られましてね」

ゲイルは、ぱっと目を開いた。アンドルーに支えられている。ゲイルはされるがままになっていた。グラスを唇にあてがわれた。ひと口お酒を飲んで、ゲイルはにっこり笑った。夢ではないだろうか、という気がしきりにする。ダーリン、と確かに呼ばれたはずだけれど、現実のことだったろうか……? でも、いまこの人の目には、はっきりと優しい色が浮かんでいる。「アンドルー……」ゲイルの背は、またそっとクッションにあずけられた。「呼んでくださったのね……わたしのことを……」

「ミセス・アービン」彼は部屋を出ていこうとしている老女の方を向いた。「ベッドはできてるね?」

「はい。すぐ、暖かにしてまいります」

「頼む、なるべく早くな。ミセス・マクニールをここで寝入りこませたくはないからね」

「寝たくなんかありません」ゲイルは起き上がろうとしたが、肩を押さえられてしまった。ドアの閉まる音を聞いて、ゲイルはいっそうきっぱりと言った。「寝やしません」

アンドルーは眉をひそめた。「どうして?」

「あなたが、ダーリンと呼んでくださったわ」

彼の口元が面白がりでもするように、きゅっと上がった。「それと、寝やしません、とどういう関係がある?」

何だかとんでもないばかげたことを言ってしまったような気持だった。頰に血がのぼる。

「びしょぬれ」やっとゲイルは言った。「早く、お風呂に入らないと……」まぶたがまたどうしようもなく下がってくる……。

「ゲイル、こんなところで寝ちゃだめじゃないか」

眠りこむまい、と必死で頑張ったが、ゲイルが知っていたのはそこまでだった。

疲れの抜けきらない目覚めだったが、とても温かな気持だった。ダーリン、というアンドルーの声が真っ先に記憶によみがえる……。

「お目覚めですね、ミセス・マクニール」ミセス・アービンが探るような目でゲイルをみつめた。「ご気分はよろしいですか?」

ゲイルはうなずいた。「主人は……大丈夫?」

「もちろんでございますよ。ついさっきお起きになられましたよ。お茶をいかがです?」

「お茶はともかく、お風呂を先にもらいたいわ」

ミセス・アービンは暖炉に薪を入れた。ゲイルが居間の長椅子で寝こんでしまってから、ずっと火を絶やさずにいてくれていたらしい。「では、お出になるのを見計らってお茶の用意をいたしましょう。夕食の支度をしているところですけれど、お目覚めになったばかりでは食事をなさりたくはございませんでしょうしね」

「何時なの、いまは?」ゲイルは不思議に思った。

「そろそろ七時ですよ。お二人とも丸一日、おやすみになっていたんですよ」

さっぱりして居間へ下りていくと、アンドルーが部屋着姿の背を暖炉の火で暖めていた。やはりきれいさっぱりとした様子で、荒天の中に一昼夜も居続けていた人とはとても思えなかったが、顔つきはどことなく険しかった。モリーの死がこたえているのだ、とゲイルは思った。

「やって来るのが遅すぎたんです、アンドルー」吹雪でさえなければ、と思う気持がこみ上げた。「雪のせいなんです。救急車もなかなか来てくれなくて、それに、病院へものろのろとしか走れなくて……すみませんでした、アンドルー」

部屋はしいんと静まり返ったが、やがてアンドルーが口を開いた。彼の声には、感情がこもっていなかった。

「きみは精いっぱいやってくれたんだ、感謝してる」ゲイルに注がれた彼の目には、だが、いつくしみの色がこもっていた。「本当によくやってくれた。きみがどんなに頑張ってくれたか、みんな口をそろえて言っていた。シンクレアもバークレイもミセス・アービンも」頬がほてってしまうのをどうしようもなくて、ゲイルは顔を伏せた。彼はまた続けたが、声には相変わらず感情がこもっていなかった。「モリーのことではまだしなくてはならないことがいっぱいあるけれど、この先は二度とあの子の名前を持ち出さないようにしよう」彼は体をかがめて、相変わらず伏せたままのゲイルの顔を上げさせた。「わかったね、ゲイル？　あの子の名前を二度と耳にしたくないんだ。いいね？」

ゲイルはじっと彼の目を見上げていたが、モリーの名を聞きたくない理由が何となくわかった気がして、かすかにうなずいた。「はい、アンドルー」

「わかってくれたとみえるな、何もかも」と彼はつぶやいた。

モリーがアンドルーの子ではないということも含めてということかもしれない、とゲイルは思った。

ミセス・アービンがお茶のお盆を持って入ってきて、暖炉脇のテーブルに置いた。「お食事はどういたしたらよろしいでしょうか?」

「そうだな、わたしはあとのほうがいいけれどね」アンドルーはゲイルに視線を投げた。「きみはすぐ食べたいかね?」

ゲイルは首を振った。「いまは何も入りません」

熱いお茶をすすりながら、アンドルーはぽつりぽつりと、妻に裏切られた夫の苦しみを語り出した。そしてやがて、さっきは自分からモリーの名前は二度と聞きたくないと言ったのに、さすがに複雑な思いが重く心に残るらしく、沈痛な面持ちで言った。

「忘れようと努力したんだ。妻を許すためには、彼女がしたことを忘れるしかなかったからね。でも、むだだった。妻が死んでからは今度はモリーがわたしの十字架になったんだよ。一生、モリーに苦しめられるのかと思っていたんだ」

深い同情のこもった目でゲイルにみつめられて、アンドルーの沈んだ顔に微笑が浮かんだ。彼はおもむろに真向かいの椅子を立ってゲイルのそばに座り、ゲイルの肩を包みこんだ。ゲイルはアンドルーの厚い胸板にそっと頭をあずけた。

「ご自分を責めてはいけないわ」とゲイルはささやいた。「むずかしいことだわ、恨みを捨てるって」ゲイルはマイケルの仕打ちのことを話そうかと思ったが、アンドルーの優しいキスにまぎれてしまった。

「いとしい人」彼はゲイルの頬に唇を移しながら、ささやいた。「ダーリン、この間の日曜、きみの気持に変わりがないかどうか、きいたね？　あのときぎみは……きみの胸は、わたしへの思いでいっぱいだったんだね？」

ゲイルはうなずいた。「もちろんよ、アンドルー」はっと気づいてゲイルは彼の胸から顔を離し、青い目を見上げた。「あのときはもう、わたしを愛していてくださったのね？」

「とっくに愛していたよ、ゲイル。きみへの思いが報われるという手がかりでもないかと思って、あんなことをきいたんだよ」彼は優しくゲイルにキスをした。そうすることで、あのときの失望を記憶からぬぐい去ろうとする様子だった。わたしの返事が、きつい口答えに聞こえてしまったのかもしれない、とゲイルはいまさらのように気づいた。

「何てばかだったのかしら、わたしって。あなたの気持をまったく取り違えてしまっていたのよ、アンドルー」

「いいんだよ、もう、ダーリン」ゲイルの乱れた髪の下から傷跡がのぞいていた。アンドルーはそこにそっと唇を寄せた。「わたしの気持をわかってもらえたんだからね。愛してるよ、ゲイル。こんなに美しくて優しい人をどうして愛さずにいられるもんか」

ずいぶん長い間、ゲイルはひっそりとしたままでいたが、やがて抱擁から身を解いて立ち上がり、彼に背を向けてじっと暖炉の火をみつめた。

「アンドルー……」

「うん？」

「わたしも打ち明けなくてはならないことがあるの……」ゲイルは両手をぎゅっと握り合わせながら、マイケルのことや事故のことを話し始めた。さすがに体のことは言いづらかったが、思いきって言った。「婚約を破棄された本当の理由は……それは、内臓が……損傷を受けてしまったからなんです……」ゲイルはくるりと振り返ってアンドルーに向き直った。いっぱいに見開かれたゲイルの美しい目には、かすかにおびえの色が浮かんでいた。

「アンドルー、かまいませんか、子供ができなくて……？」

アンドルーは、さっと立ち上がってゲイルを抱き締めた。ゲイルは彼の胸に顔をうずめながら言った。

「傷跡は入院すればきれいになるんです」

「一日でもきみがいないのはたまらないんだよ、ダーリン。ずいぶん長くかかるんだろう？」

「そんなに長い間じゃないんですよ、アンドルー。わたしだってあなたや子供たちから離れていたくはありませんけど、でも……傷跡が消えれば、もっと幸せなやすらいだ気持になれると思うの」

「そういうことなら、きみの好きなようにするさ。だけど、きみがいない間どんな気持か、いまから予測がつくんだよ」彼はいっそうきつくゲイルを抱き締めて、子供たちの祖母にはもう来させない、と強い調子で言った。突然そんな決心を聞かされてゲイルはびっくりしたが、ロビーからいろいろ聞かされたということだった。ロビーの名前を言われて、ゲイルはまたきいた。

「子供ができない体なんですよ、わたしは……」

言葉はキスで中断された。優しさの限りがこもったキスだった。

「ダーリン」彼はそっと言った。「子供は二人もいるじゃないか。それも、男の子と女の子だ。もうそろってるじゃないか、そうだろう?」

大きなやすらぎがゲイルの胸にしみじみとひろがった。「そうね、何もかもそろってるわね、何もかも」

●本書は、1983年2月に小社より刊行された作品を文庫化したものです。

やすらぎ

2024年5月15日発行　第1刷

著　　者／アン・ハンプソン

訳　　者／三木たか子（みき　たかこ）

発 行 人／鈴木幸辰

発 行 所／株式会社ハーパーコリンズ・ジャパン
東京都千代田区大手町 1-5-1
電話／04-2951-2000（注文）
0570-008091（読者サービス係）

印刷・製本／中央精版印刷株式会社

表紙写真／© Eaniton | Dreamstime.com

ISBN978-4-596-82336-6

4月26日 発売

ハーレクイン・シリーズ 5月5日刊

ハーレクイン・ロマンス

愛の激しさを知る

独りぼっちで授かった奇跡	ダニー・コリンズ／久保奈緒実 訳
億万長者は天使にひれ伏す《純潔のシンデレラ》	リン・グレアム／八坂よしみ 訳
霧氷《伝説の名作選》	ベティ・ニールズ／大沢　晶 訳
ギリシアに囚われた花嫁《伝説の名作選》	ナタリー・リバース／加藤由紀 訳

ハーレクイン・イマージュ

ピュアな思いに満たされる

生まれくる天使のために	タラ・T・クイン／小長光弘美 訳
けなげな恋心《至福の名作選》	サラ・モーガン／森　香夏子 訳

ハーレクイン・マスターピース

世界に愛された作家たち
～永久不滅の銘作コレクション～

情熱は罪《特選ペニー・ジョーダン》	ペニー・ジョーダン／霜月　桂 訳

ハーレクイン・ヒストリカル・スペシャル

華やかなりし時代へ誘う

路地裏をさまよった伯爵夫人	アニー・バロウズ／琴葉かいら 訳
ふたりのアンと秘密の恋	シルヴィア・アンドルー／深山ちひろ 訳

ハーレクイン・プレゼンツ作家シリーズ別冊

魅惑のテーマが光る極上セレクション

秘密の妻	リン・グレアム／有光美穂子 訳